LEUCOTEA

ISBN 978-88-97770-04-6

www.edizionileucotea.it

Prima edizione

NICOLETTA STECCONI
RAGNATELE INVISIBILI

EDIZIONI LEUCOTEA
SANREMO

...a mio padre, a mia madre
a tutti quelli che ci saranno sempre...

Amare è soffrire. Se non si vuol soffrire non si deve amare. Però allora si soffre di non amare, pertanto amare è soffrire, non amare è soffrire e soffrire è soffrire. Essere felici è amare, allora essere felici è soffrire, ma soffrire ci rende infelici, pertanto per essere infelici si deve amare o amare e soffrire o soffrire per troppa felicità: io spero che tu stia prendendo appunti.
(Woody Allen)

Parole vaganti come mine
pizzicano corde profonde
smuovendo inaspettati suoni.
La parola scritta ha un immenso potere
quello di tracciare ragnatele invisibili.
Un pugno in pieno stomaco
e quel che rimane
è un'insospettabile inquietudine.
Non posso far a meno di esprimere
quest'ansia crescente
che mi porta a scrivere ancora.
L'impronta della parola mi scava dentro
mostrando l'anima mia
all'altrui sconosciuto sguardo
senza veli e pudore.
Voglio scrivere ancora
e ancora e ancora.

PRIMA PARTE

Filomena alle dodici in chiesa

Eccola Filomena, passo corto e veloce. Sono le dodici. Puntuale come le campane. Come il mio orologio.

Adoro la puntualità.

Cammina, Filomena, svelta e attenta verso il portone della chiesa.

Ogni giorno a quest'ora le campane sembrano dare ordine ed attenzione al quartiere, ed ogni giorno alla stessa ora lei, vestita di scuro, il cappotto abbottonato severamente, il fazzoletto in testa, nonostante il freddo va a confidarsi col suo Dio.

Una volta scomparsa oltre il portone della chiesa non rimangono che i tetti intorno, terrazze strapazzate dal vento, lenzuola stese, ombrelloni chiusi ciondolanti, vasi. Alcune piante sono secche, altre invece nel pieno vigore, ciclamini colorati.

Tra i palazzi dalla struttura squadrata il campanile della chiesa domina il paesaggio, lineare ed austero. Una leggera umidità sfoca il vetro della finestra che mi protegge dal freddo esterno.

Condensa.

Condensa anche nella mia testa.

Alzo la mano d'istinto e con l'indice do i contorni ai pensieri seguendo il volo di un gabbiano lontano, solitario. Il cielo è azzurro ed uno stormo di uccelli disegna la sagoma di un mantello nero che ondeggia al vento. Mi stupisce sempre la capacità degli storni di essere un tutt'uno nonostante la molteplicità.

Tutto ciò è rassicurante: la puntualità d'incontro tra Filomena, le campane ed il mio orologio, e quel mantello alato nel cielo azzurro.

L'autobus ha appena effettuato la fermata, alcuni passeggeri sono scesi, altri saliti, quasi sempre le stesse persone, a quest'ora.

Mi sembra di conoscerle a fondo, ormai. Eccolo che parte sbuffando, emettendo un fumo scuro che si disperde verso l'alto.

Lo stormo è sparito ed il cielo è ancora più schietto, senza ombra alcuna. Anche il gabbiano ormai vola in altri cieli.

Sorrido, senza sorridere.

Torno davanti al portatile.

È qui, su questa scrivania che svolgo il mio lavoro.

Quanto tempo scorro in compagnia di questo vecchio portatile traboccante di icone, ogni giorno in casa, mentre Paolo è in un ufficio distante molte strade trafficate, e la mia bambina all'asilo, invece, proprio qui vicino. Raggiungibile in qualsiasi momento.

Ed io a casa.

Io e il mio portatile che ormai percepisco come una parte di me, il prolungamento della mia mente, l'estensione dei miei pensieri, lo strumento che mi consente il collegamento virtuale con la redazione per la quale lavoro ormai da anni.

Ogni settimana il capo invia gli argomenti ed io, da qui, li sviluppo per renderli pubblicabili. Certo non sempre lo sono. Talvolta, durante le mie crisi, non riesco proprio ad accontentarla la redazione. L'insofferenza, l'indignazione, prendono il sopravvento ed il risultato è un articolo lucido, schietto, cinico ed in quanto tale troppo scomodo da pubblicare.

Ormai lo so.

È così che funziona e mi sono rassegnata ad accettare questa sorta di censura che, nonostante non risulti scritta su alcun contratto, ho ormai capito essere l'unica condizione certa alla quale sottostare per continuare a lavorare.

Nessuna professione è esente da compromessi. Sì, proprio come la vita, anzi.

Oggi, però, non ho voglia di lavorare.

Oggi proprio no! Anche se mi dicessero di scrivere tutto quello che mi passa per la testa, di esternare tutte le indignazioni contro questo mondo di cristallo che non gira, non gira più, o non ha mai girato, no!

Non ho voglia di lavorare... e... non vedo l'ora di andare a prendere Martina a scuola. Ho voglia di giocare con lei, di starle vicina, di respirare la sua spensieratezza. Aria pulita di bambina.

Tramontana.

Il caffé esce dalla macchinetta, il suo aroma invitante mi riempie le narici. La tazzina bollente mi scalda le mani. È con questo calore piacevole che mi avvicino allo stereo per mettere su la mia canzone. Ho bisogno di calore anche dentro. Ecco!

Bevo il caffé d'un sorso ed inizio ad ondeggiare sulle note della rumba che nel frattempo ha iniziato a suonare, insinuandosi in ogni angolo della casa, coprendo con le sue note languide le pareti, i soffitti, i mobili, i miei pensieri.

Cola la musica sui miei pensieri.

È la stessa musica, le medesime parole malinconiche che ascoltavano sempre i miei genitori, nella loro terra, durante gli anni del terrore *"...besame, besame mucho... como si fuera esta noche la ultima vez..."*

Sul desktop del portatile lampeggia l'icona della posta, è arrivato un messaggio dalla redazione. Lo leggo.

Il capo mi conferma il nuovo incarico, ricomincerò a lavorare in maniera più assidua, collaborando con un noto scrittore alla pagina culturale del quotidiano.

Fantastico!

Sorrido, non potrei certo non essere contenta, eppure sorrido ancora senza sorridere.

Dovrò ricominciare a frequentare la redazione, e forse è proprio quello di cui ho bisogno ora, tornare fuori.

Io, fuori dalla mia casa che sempre più spesso è una prigione dorata.

Io, fuori dalla mia pelle che ormai è dura corazza.

È soddisfazione quella che mi assale, sono stata scelta tra diversi giornalisti... Bene!

Adesso, però, non ho voglia di rispondergli. L'unica cosa che ho voglia di fare adesso è arrotolarmi sul letto e chiudere gli occhi.

Una mano mi stringe dentro, accartocciando l'entusiasmo iniziale.

Condensa sul vetro.

Condensa nei miei pensieri.

Scirocco nelle vene.

Nonostante la giornata di sole, nonostante la puntualità d'incontro tra Filomena le campane e il mio orologio, nonostante i ciclamini in fiore. Nonostante il nuovo incarico che dovrebbe rendermi orgogliosa di me stessa "besame, besame mucho..."

I versi di questa canzone mi scavano dentro, eppure non è sempre tristezza quello che mi suggeriscono, anzi spesso questa canzone mi consola. È così viva nei miei ricordi più cari, sarà per questo che continua ad accompagnarmi, costantemente.

La colonna sonora della mia vita, direi.

Vicende felici e tragiche.

Luce e oblio.

I miei genitori ballano sereni nella piccola casa in riva al mare. Rumba, e sottofondo di oceano, pareti colorate, tramontana che strapazza la vegetazione, e sole. Il grigio della spiaggia come fondale. Più lontano ancora il riverbero dell'orizzonte. Ed io bambina in mezzo a tutto questo, ad assaggiare la loro felicità, completamente ignara delle minacce che incombevano, invece, sulle nostre fragili esistenze.

Poi eccola di nuovo la stessa canzone, questa volta è mia madre sola che balla, tenendo gli occhi persi nel nulla, senza espressione sul viso. E lacrime, e solitudine, e confusione, ed io in un angolo, persa di vista, dimenticata.

Il rumore dell'oceano non è più un sottofondo di dolcezza ma presagio di un dolore feroce che mi squarcia da dentro. Eterno come le onde che non smettono mai nel loro moto costante, e schiantano a riva la furia di elemento tradito dalla sua stessa incessante instabilità.

La malinconia è un'onda instancabile. La tristezza il flusso di marea costante.

Il sole si è spento nell'abisso delle perdite irrimediabili.

Mio padre era sparito, era stato eliminato, probabilmente ucciso, sicuramente assassinato dalla mano spietata del regime tirannico che ancora imperversava in Spagna negli stessi anni durante i quali nei paesi circostanti, invece, si respirava aria di grandi cambiamenti e libertà.

Mio padre non c'era più, *desaparecido, missing*, disperso. Di fatto non era più tornato, e mia madre era in preda ad una divorante depressione la cui conseguenza fu l'imprevedibile dimenticanza della mia stessa esistenza. Doppiamente orfana, mi ritrovai abbandonata in casa. La sua presenza divenne un'assenza assoluta, tanto da sentirmi obbligata a raccogliere le redini della mia vita e della sua, nella mia più totale inconsapevolezza.

Avevo solo dieci anni.

È questa la colonna sonora degli anni successivi, durante i quali la sensazione del ricordo di mio padre diventava sempre più sfocata, una sorta di eroe dal profilo incerto, senz'altro bello e valoroso, ma vago e perso negli scenari di una tragica vicenda gloriosa, mentre cresceva in me il rancore nei confronti della donna che aveva dimenticato il suo ruolo fondamentale nei confronti di chi, di quella perdita, non aveva alcuna colpa, anzi.

Io crescevo e lei cercava di ricominciare a vivere, recuperava se stessa, ma io ormai avevo eretto la mia corazza e forte nella mia fortezza facevo di tutto per continuare a tenerla a distanza.

Mi ero abituata alla sua assenza.

L'avevo persa già una volta, se non le avessi permesso di riavvicinarsi, di sicuro non l'avrei persa di nuovo.

È così la sofferenza nell'infanzia, il dolore incomprensibile delle perdite. Ci rende duri, lontani dall'indulgenza, ci obbliga a trovare una difesa estrema che ci forgia alla vita futura. Ci segna in maniera indelebile con graffi che non guariscono più. I graffi dell'anima per i quali non esiste cicatrizzazione. Ed ogni tanto sanguinano "besame, besame mucho..."

La foto di Paolo e Martina appare sul desktop.

Come sono belli, sorridenti, sereni e solari.

Il mare come sfondo. Il mare di Roma, grigio e calmo, non certo l'oceano blu carico di vita ed inquietudine che mi faceva compagnia durante l'infanzia.

Ora è Roma la mia città. Ho dimenticato la Spagna, nonostante ci sia tornata più tardi, dopo la fuga in Italia, quando la tirannia di Franco non era più e la gente, la gente mia, cercava di scacciare i demoni del terrore con un colpo di spugna, nella speranza di raggiungere al più presto quel benessere di libertà che imperava nelle terre vicine.

Eravamo tornate, io e mia madre, anni dopo, ed il paese era cambiato. Eccome.

Quello che provammo fu un forte senso di impotenza e rimpianto per ciò che non era stato. Mio padre sarebbe ancora vivo se la storia di quel paese fosse stata diversa. Era sì un eroe, ma dimenticato. Oblio nell'oblio, come tutti quegli uomini che avevano cercato di combattere contro la cecità della tirannia e di chi la subiva in silenzio. Era un disperso tra i tanti, un destino manipolato da una sopraffazione senza eguali.

La dittatura che aliena ogni principio di umana libertà, fino alla soppressione di stato di chi dissente. I risultati non sono che numeri. Senza identità.

Migliaia di dispersi nel mio paese.

Milioni in tutti i paesi del mondo.

Anime sottratte all'improvviso alle loro famiglie, alla loro vita, e giustiziate con esecuzioni sommarie. Uno tra tanti, mio padre, nella sua giovane incosciente volontà di trovare la forza di opporsi.

Le lacrime spingono dal fondo delle orbite. Mi fa piangere ogni volta questo senso di impotenza. Ma la cosa che mi fa più male è il mancato abbraccio tra me e mia madre, quell'abbraccio di condivisione dello stesso dolore che ci sconquassava entrambe, quell'abbraccio che non è mai stato, dapprima a causa sua e poi per volontà mia.

La sua inevitabile depressione.

La mia assurda corazza.

L'isolamento forzato nella mia fortezza.

Io, donna libera in un paese libero, erede degli strascichi di quella stessa dittatura che, dopo tanti anni, ancora allunga le sue dita annerite sulle esistenze altrui. A sporcare l'anima.

Vado in bagno per sciacquarmi il viso.

Nello sguardo sfocato di occhi troppo liquidi intravedo le mattonelle parlanti.

<<L'appartamento si trova all'ultimo piano di questo palazzo. E' composto da un salone ampio e luminoso, una cucina abitabile e una stanza molto grande. Il bagno è… diciamo nuovo, solo con qualche problema... quella che vedete lassù è la terrazza: gira tutta intorno!>> Ha detto esuberante l'agente immobiliare, indicando dal basso la terrazza del palazzo sotto al quale ci eravamo incontrati.

Un azzurro intenso di cielo ci faceva da tetto.

Uno stormo d'uccelli lo tagliava. Mantello nero. Un gabbiano lontano, solitario.

Era un vecchio palazzo nel cuore del quartiere Testaccio. Oltrepassato il massiccio portone in legno, abbiamo fatto a piedi i cinque piani che ci separavano dall'attico. Mentre salivo mi accompagnava l'odore inconfondibile dei vecchi edifici. Oltre quelle porte di legno massiccio e usurato, mi si materializzavano le figure vecchie di abitanti di una città in bianco e nero, alle prese con pentole di terracotta e sughi dalla cottura lenta.

L'odore stantio di pietanze di altri tempi entrava nelle narici mischiato al profumo dolciastro delle vecchie lavande che avevano intriso gli intonaci scrostati. La muffa si palesava con macchie scure sui muri, e sulle scale un corrimano consumato rimandava per contro il suo pizzicore metallico, corroso dal tempo e dalle innumerevoli mani che lo avevano lisciato. Il sottofondo di un'opera lirica proveniva da una di quelle porte. Dietro un'altra l'abbaiare di un cane.

<<Fare le scale fa bene alla linea!>> Ha affermato l'agente ansimando, tanto per legittimare l'assenza dell'ascensore.

Con le chiavi tintinnanti e quel vago sguardo di chi è in grado di aprire paradisi, ha aperto la porta. A prima vista l'appartamento sembrava delizioso.
<<Ecco, vedete questo è il salone: bello no? ...e qui la cucina. È da ripulire ma basterà una mano di vernice. Qui la stanza da letto: così ampia e con questa doppia finestra al centro, se volete, potete anche suddividerla in due camere dignitose.>>
<<Sì, va bene... ma il bagno? Qual'è il problema del bagno?>> Ha chiesto Paolo sospettoso.
<<Ascoltate ragazzi, quest'appartamento è stato affittato per anni ad un vecchio scrittore, un tipo stravagante, non ricordo il nome, probabilmente non è neanche famoso... comunque sapete come sono gli artisti, no? Senza offesa per nessuno: un eccentrico!>>
E così dicendo ha spalancato la porta del bagno offrendocene la vista.

Siamo rimasti a bocca aperta: su ogni mattonella a terra e sulle pareti campeggiavano versi su versi. Centinaia e centinaia di lettere, sillabe, parole formavano frasi così folte nel loro apparire che sembravano urlare.

Nel disagio che in un istante si era creato quei versi hanno riempito il silenzio con un eco assordante.

Al centro, tra tutti quei segni neri, in rosso, padroneggiava il verso:

'LA VITA È UN TRENO CHE EFFETTUA POCHE E FUGGEVOLI FERMATE,
TRA CUI QUELLA DELLA FELICITÀ, CELATA DIETRO LA NEBBIA DELL'IMPREVEDIBILE.
PERDERE QUELLA FERMATA SIGNIFICA GIRARE IN TONDO SUI BINARI
DELL'IRREQUIETUDINE, PER IL TEMPO CHE RESTA'

Siamo rimasti senza parole e l'agente, non sapendo come interrompere quel disagio, si è affrettato a dire:
<<Abbiamo provato con dei solventi, ma il pennarello è indelebile. Il padrone di casa vive all'estero e non ha intenzione di ristrutturare l'appartamento. Intende solo assicurarsi una minima rendita dall'affitto. Quindi ha deciso di abbassarne l'importo rispetto al valore di mercato: chiede mille euro al mese, più le

spese condominiali. Per questo motivo e per l'assenza dell'ascensore. Credetemi: è un'occasione da non perdere!>>
L'appartamento ci sembrava perfetto, un nido accogliente in cima ad una quercia secolare. Andava sicuramente ripulito, dappertutto, ma non nella stanza da bagno, perché quei versi costituivano il rivestimento più originale che avessimo mai visto, in definitiva la ragione principale che ci ha spinto a rimanere in quella casa. Abbiamo firmato il contratto e ci siamo informati sulla sorte dell'ex inquilino, scoprendo così che si era trasferito in un vecchio casolare in campagna.
<<Speriamo che non gli venga in mente di scrivere il testamento sui muri del casale, visto che glielo abbiamo affittato sempre noi dell'agenzia.>> Ha detto l'agente tutto soddisfatto per l'affare appena concluso.

"...besame, besame mucho..."
Eccoli di nuovo i miei genitori, ballano allegri in salotto, io saltello lì intorno cercando di raggiungerli con le braccia. Sono alti e belli, giovani e pieni di vita. Alla radio subito dopo quella canzone avevano dato la notizia del primo uomo sulla luna. E l'eco di quei baci rimase per sempre legato all'immagine di un uomo che saltella sul suolo lunare. La notizia mi suonò magica, come le storie avventurose che mi raccontava mio padre. Racconti di viaggi lontani e di conquiste eroiche. Ulisse, Enea, Achille che combattevano a causa di donne bellissime, e divinità capricciose che facevano il buono e il cattivo tempo delle umane creature.

Era il 1969, e io avevo solo sette anni, ma una notizia grandiosa che aveva tutto il sapore di uno di quei viaggi talmente lontani da rappresentare il futuro, era entrata nella mia casa che non mi sembrò più posta su una costa strapazzata dal vento in un paese dalle notizie mute, ma sull'ultimo scalino di un cielo ormai raggiungibile. Quel giorno non lo avrei dimenticato mai più.

Pensai di essere la bambina più speciale del mondo, avevo appena appreso un annuncio grandioso. La luna che sempre, ogni notte, osservavo dalla mia finestra aveva accolto un uomo. Quella sfera pallida alla quale raccontavo i miei segreti, la dea buona che accoglieva i miei sogni, adesso mi sembrava più vicina del solito, più familiare, accogliente.

Sognavo come sognano i bambini, completamente ignara di ciò che invece sarebbe presto successo.

Seppi tutto in seguito quando mia madre, che già aveva iniziato ad esprimersi solo in italiano, mi raccontò i dettagli della sua vita dal momento in cui era fuggita dal suo paese, rinnegando per sempre i suoi genitori, la potente famiglia Barriaz y Quevada, fino alla scomparsa di mio padre e alla nostra conseguente fuga in Italia.

Penelope, mia madre, ultima nata dopo cinque fratelli, apparteneva ad una famiglia di grandi proprietari terrieri della provincia di Madrid, allora molto vicina al regime franchista. Mentre ai fratelli erano state riservate onorevoli carriere militari ed ovviamente le future eredità terriere, suddivise in proporzione alla loro successione di nascita, lei venne affidata all'educazione di un collegio di suore, dalla cui uscita nulla le sarebbe spettato se non la garanzia di essere data in sposa ad un uomo ricco, scelto dal padre, che potesse provvedere al suo futuro.

Nonostante fosse una ragazzina vivace ed intelligente, la rigida educazione finalizzata a farla diventare obbediente e capace di adempiere a tutte le faccende femminili, la condusse già a diciotto anni ad apparire pronta per essere data in sposa ad un ligio militare. Nessuno, invece, si accorse di quanta insofferenza era cresciuta in lei man mano che gli anni passavano. Un'insofferenza che l'aveva resa forte e determinata.

Finiti gli studi, proprio quando il padre le aveva comunicato che presto sarebbe stata presentata all'uomo, più grande di lei d'una ventina di anni, che l'avrebbe sposata e portata a vivere con sé nelle campagne catalane, Penelope conobbe il giovane Fernando.

Accadde durante la festa annuale della vendemmia.

I suoi genitori alla fine di ogni vendemmia erano soliti organizzare una festa alla quale invitavano le personalità più in vista della borghesia madrilena. Era l'occasione per ricordare alla nobiltà cittadina quanto ancora fossero importanti quelle datate famiglie di latifondisti che, con le loro terre e la forza lavoro di cui disponevano in maniera indiscriminata, provvedevano al rifornimento di tutti quei beni alimentari con cui venivano imbandite le loro eleganti tavole, nelle ville cittadine. Infatti il vino prodotto nei vitigni della famiglia Barriaz y Quevada era di gran pregio ed apprezzato in tutta la Spagna arrivando, con gli omaggi del produttore, fin sulla tavola del Generale.

Durante questa festa sfarzosa si svolgeva, in contemporanea, la festa dei contadini che avevano lavorato alla

vendemmia. Quella nottata di stordimento e libertà era l'unica ricompensa che il padrone concedeva a quei lavoratori, per tutto l'impegno proteso alla produzione di quel buon vino.
<<Le fanciulle promesse spose non devono attardarsi nelle feste notturne.>> Aveva proferito suo padre, con sguardo severo <<Vai subito a casa e mettiti a dormire, noi faremo tardi... è la nostra festa.>> Aveva proseguito mirando soddisfatto le nobili presenze al suo banchetto.

Penelope non oppose resistenza anche perchè quelle stesse presenze a lei, invece, davano la nausea.

Mentre correva verso casa venne distratta dalla musica che proveniva dai campi. Fu così che, certa di non essere scoperta, oltrepassò la sua casa e li raggiunse. Nascosta dietro il grosso tronco di una quercia si mise a spiare quella gente che si divertiva ballando una musica allegra, il profumo del mosto che ancora stagnava nelle cisterne usate per la fermentazione del vino le infervorava le narici.

Penelope conobbe Fernando proprio lì. Lo vide ballare, due piccoli grappoli d'uva gli ornavano le orecchie. I pantaloni rigirati a scoprire i polpacci e un sorriso sornione testimoniavano quanto novello avesse già bevuto, nonostante la festa fosse solo all'inizio. Fernando, il nipote di un anziano contadino da tempo al servizio della sua famiglia, era arrivato dalla costa basca per aiutare lo zio e per conoscere, in quell'occasione, in cosa consistesse la terra di Spagna, oltre le cime rocciose a sud e l'oceano a nord che circondavano il paese nativo dal quale non era mai uscito prima.

Fernando aveva vent'anni, il suo corpo era ben dosato e la pelle cotta dal sole, anche grazie al lavoro che svolgeva nella sua cittadina di mare. A Donostia, infatti, era pescatore ormai da anni. Aveva imparato il mestiere da suo padre, che a sua volta lo aveva imparato dal proprio, e così a ritroso per diverse generazioni.

Penelope rimase dietro quel tronco per più di mezz'ora a spiare il giovane che si divertiva tra le ragazze che se lo contendevano per ballare, incoraggiati dagli anziani che battevano le mani seduti in circolo, e ne fu impressionata per i tratti del viso che le parvero di una dolcezza e nel tempo stesso di una forza straordinaria.

Ad un tratto Fernando, ebbro di vino, si allontanò dal gruppo andando a poggiarsi al tronco dietro al quale si nascondeva lei che ebbe un sussulto per lo spavento. Non poteva certo farsi vedere da quei contadini che la conoscevano bene. Stette qualche minuto in silenzio con il cuore in gola, poi spinta da un impulso più forte, allungò il braccio e sfiorò il viso del giovane.

Fernando si destò dallo stato di stordimento in cui versava e l'agguantò per il polso tirandola a sé. Lei, cacciando un urlo spaventata, si ritrovò a pochi centimetri dal viso del ragazzo che la osservava divertito, sapeva chi fosse, non c'erano dubbi. L'aveva ammirata da lontano in più occasioni e non aveva certo dimenticato il suo bel viso solo a causa di qualche bicchiere di troppo.

<<Cosa ci fai qui, padroncina? Se ti vede tuo padre ti fa rinchiudere in convento.>>

<<Sono stata attirata dalla musica, sapevo della festa dei contadini ma non l' avevo mai vista... certo è che vi divertite! Per quanto riguarda mio padre, a meno che non glielo dica tu, non dovrebbe venirlo a sapere. È troppo impegnato con i suoi ospiti.>>

Fernando mollò la presa della cui veemenza si accorse solo in quel momento. Penelope si strofinò il polso arrossato, senza emettere un gemito.

I due rimasero ancora vicini, pochi centimetri, il desiderio che provò Fernando non fece altro che confermargli quella forte attrazione avvertita negli incontri frugali dei giorni precedenti, in cui per brevi istanti aveva potuto mirare la fiera bellezza di lei, mentre Penelope pensava tra sé che con un ragazzo del genere si sarebbe sposata molto volentieri, ma sicuramente non era quello l'uomo scelto dal padre.

Le loro bocche si sfiorarono appena. Penelope si voltò e corse via.

<<Ti porterò con me quando partirò per Donostia, stanne certa.>> Sussurrò Fernando rincorrendola con la voce.

<<Ti porterò con me, qualsiasi cosa debba rischiare... anche la vita.>> Ripeté tra sé mentre tornava a ballare con le allegre contadine sotto lo sguardo paterno e benevolo del vecchio zio.

I giorni scorsero in fretta, mancava un mese alla data del fidanzamento ufficiale fissata dal padre. Il giovane Fernando si era trattenuto a lavorare nonostante la vendemmia fosse finita. Si videro per una settimana di seguito per brevi ed intensi incontri che bastarono appena per baciarsi appassionatamente e per concordare un piano di fuga: Penelope sarebbe scappata con lui seguendolo fino alla lontana Donostia.

Così fecero.

Si sposarono in una piccola chiesa arroccata su un monte, secondo un rito celebrato con la lingua basca che Fernando tradusse per lei, parola dopo parola.

Francisca nacque nel 1962 appena pochi mesi dopo il loro matrimonio.

Gli anni vissuti a Donostia furono per Penelope i più felici della sua vita, nonostante la difficoltà in cui ancora versava il suo paese a causa della radicata dittatura che lo opprimeva ormai da quasi mezzo secolo. Forse fu proprio grazie alla bellezza di quel paese di mare, ed al carattere ribelle e spensierato di Fernando, che Penelope ebbe l'illusione di respirare un'aria diversa da quella che aveva schiacciato i suoi sogni d'infanzia. Finalmente si sentiva libera da quell'oppressione familiare alla quale aveva dovuto sottostare dalla nascita.

Infatti in quelle zone quasi dimenticate, proprio a causa della distanza dalle grandi città e grazie al forte sentimento indipendentista sentito dai popoli che vi abitavano, la dittatura le era sembrata, peccando d'ingenuità, meno opprimente, come se il vento spirante dall'oceano recasse con sé una palpabile sensazione di libertà.

Quello stato di illusoria libertà ed appagamento venne però bruscamente interrotto all'alba di un freddo giorno di febbraio dell'anno 1973 quando, in seguito ad un'irruzione improvvisa da parte delle forze militari, Fernando venne arrestato con un mandato che lo accusava di appartenere all'esercito rivoluzionario indipendentista basco.

Dopo alcune settimane di prigionia in cui mai fu permesso a nessuno di incontrarlo, fu comunicato a Penelope che suo marito era stato rilasciato, ma Fernando non fece rientro a casa. Penelope andò più volte al posto di comando dove tenevano i prigionieri politici, ma venne minacciata. Le fu consigliato di non pensare più a suo marito, che probabilmente era scappato in qualche altro paese, velatamente le fu consigliato di non cercarlo più perché ormai non più trovabile.

La sua stessa vita e quella della bambina erano implicitamente in pericolo.

Penelope non credette a quelle parole, conoscendo bene i trattamenti che venivano riservati agli oppositori del regime, ma soprattutto conoscendo Fernando, che mai l'avrebbe lasciata senza farle avere sue notizie, ma dovette prenderne atto.

A questo punto non aveva più nessuno. La sua famiglia era ormai rinnegata. Il suo uomo non era più accanto a lei. I suoi amici le consigliarono di lasciare la Spagna per proteggere se stessa e la sua bambina. Una prima accoglienza le sarebbe stata offerta da alcuni dissidenti nei paesi baschi francesi. Da lì avrebbe poi potuto raggiungere l'Italia.

Fu così che Penelope e Francisca lasciarono la loro terra proprio quando quell'illusione di libertà stava diventando una realtà tangibile. Un anno più tardi, con la morte del tiranno, la Spagna passò la sua grande mano spugnata per pulirsi, come d'incanto, dagli orrori e dalle ingiustizie che fino a quel momento avevano imperversato senza remora. Con un sospiro profondo gli abitanti di quell'immenso territorio si rimboccarono le maniche per arrivare ad un futuro nel quale, tuttora, pochi hanno voglia di raccontare l'oblio che per tanti anni aveva soffocato le loro esistenze.

É amarezza quello che mi segna il viso come lacrime, tutta la mia vita e quella di mia madre non sono altro che la diretta conseguenza dell'assurdo assassinio di mio padre, uno dei tanti delitti di stato, il cui movente era la difesa della supremazia del terrore.

Assurdo, come il destino di tutte le vittime, di ogni dittatura, in qualsiasi tempo, in ogni luogo, per le quali non esistono moventi, né responsabilità, né verità, né giustizia, né vendetta a placare il delirio di chi rimane. Un'infelicità senza limiti di tempo. La tristezza di mia madre non ha fatto altro che produrre ulteriore sofferenza dentro di me.

E, oddio mio!

Non vorrei proprio essere io l'ulteriore strumento di trasmissione di tanto malessere nei confronti di Martina.

L'eco della dittatura nella mente umana non ha mai fine, e allunga le sue luride mani nere... tentando di toccare più creature innocenti possibili...

Ho bisogno di scacciare questi pensieri terribili, devo distrarmi assolutamente, portare la mia mente fuori da questo vortice distruttivo.

Via la condensa!

Via!

Con la mano tento di pulire il vetro, che però rimane umido e vischioso.

Estraggo un libro dalla libreria, così senza guardarlo, d'istinto.

È 'L'insostenibile leggerezza dell'essere' uno dei miei scrittori preferiti, Milan Kundera. Adoro questa storia che ho letto tante volte. Quella nei confronti di Tereza, la protagonista persa in una Cecoslovacchia occupata, è una comprensione totale. La sua insicurezza, l'inquieto conflitto con la madre, l'incapacità sua di trovare il proprio posto da qualche parte, come se chi non ha radici nei propri genitori non abbia radici in terra... e quella manipolazione interiore tipica delle dittature. Capisco Tereza ma non è solo questo, è lei che innanzitutto capisce me. Non sono solo io a leggere il libro, ogni volta è lui che mi legge dentro... Sensazioni alle quali non riesco a dare una spiegazione, so solo che mi alleggeriscono l'anima. Come se riconoscendo l'universalità del dolore quest'ultimo si affievolisca.

E allora io sono Tereza, e Tereza è me. È già va meglio.

E poi adesso c'è Martina. E tutto va meglio ancora.

Bimba mia adorata. Tra poco sarò da te ed andremo in giro insieme. Mi preoccuperò di abbottonarti bene il cappotto perché fuori è freddo. Parleremo delle nostre giornate. Ti racconterò del mio nuovo lavoro e tu sorriderai, perché ti rassicurerò che non cambierà nulla, che verrò sempre a prenderti a scuola puntuale. Tu sempre al primo posto, tu e poi tutto il resto...

Bambina mia non soffrirai mai a causa mia, te lo prometto! Sei la scommessa della mia vita, bimba mia, dal momento in cui sei nata dentro di me *"besame... besame mucho..."*

Martina nella pancia, il vecchio scrittore nella testa ed il resto da copione

<<Incredibile, sono incinta… ci siamo lasciati andare una volta sola, ricordi?>> Ho detto con il panico nel cuore *(non ci posso credere!)*.
<<Sì certo, la prima notte in questa casa, non avevamo mica voglia di usare il preservativo...>> Ha detto in tono quasi scherzoso.
<<Infatti, proprio un mese fa.>> Ho detto contando dentro di me il tempo passato *(cazzo un mese preciso!)*.
<<Non me l'aspettavo è vero, ma sono contento.>> Ha detto con un'aria giuliva che mi dava proprio sui nervi.
<<Io invece non sono mica tanto contenta… mi sento così confusa.>> Ho detto cercando di fargli arrivare in modo diplomatico tutto lo stravolgimento che mi abitava in quel momento *(oddio, ho la salivazione azzerata!)*.
<<Dai Francisca... è una cosa bella!>> Ha detto credendo di passarmi in qualche modo la sua contentezza.
<<E' che non me l'aspettavo proprio… ci sono coppie che aspettano molto tempo prima che un figlio arrivi… e noi? Sono confusa… non è che mi dispiace ma avrei preferito programmarlo. Ma tu ti senti pronto?>> Ho detto cercando di passare a lui la palla per sentirmi meno responsabile di quell'angoscia che dominava tutta la mia persona *(dico io, gente che aspetta anni...)*.
<<Beh non siamo certo giovanissimi, ed è anche una normale conseguenza di tutto quello che stiamo costruendo insieme, no?>> Ha detto lui come se fosse, ed in effetti era, la cosa più naturale del mondo.
<<E' vero. Ma io… non so… è una scelta così importante: mettere al mondo un figlio. Ed io ho paura. Ho paura di non riuscire ad amarlo come merita, o di amarlo troppo, ho paura di

fargli pagare i miei errori, gli errori di mia madre.>> Ho detto cercando di fargli capire il motivo di tutta quella mia riluttanza *(eccola la fetente mano nera che si allunga a toccare generazioni ancora non nate...).*
<<Ma no Francisca, non devi.>> Mi ha interrotto lui con fare paterno.
<<Tu non capisci... io non ho idea di come sia una madre normale... mi mancano i riferimenti. Io non voglio stare sempre lì a giudicarla, che palle! Di sicuro ha avuto una vita difficile. Ma io per prima ne ho pagato le conseguenze. Mi vedi come sono? Me la faccio sotto all'idea di avere un figlio, alla mia età. Ti rendi conto? È colpa sua, anche a lei sono mancati i riferimenti e di conseguenza con me ha fallito… e potrei fallire anch'io, lo capisci o vuoi far finta che tutto va bene?>> Ho inveito ormai in preda al panico *(la colpa... la colpa, ecco di chi è la colpa?! Maledetta vita!).*
<<Ma dai, calmati! Vediamola diversamente, magari con questa maternità potresti recuperare le tue carenze ed avere anche la possibilità di comprendere tua madre, di accettarla così com'è… di riavvicinarti a lei. In fondo, lo hai detto tu che lei ha cercato più volte di recuperare la tua stima e che sei stata tu a non permetterglielo.>> Ha detto mentre mi abbracciava, sconfortato da tanta imprevedibile rabbia.
<<Hai ragione, io l'ho odiata tanto… e ho odiato anche me stessa per tutto quest'odio… non so neanche come spiegartelo, è che odio genera odio.>> Ho detto ormai stanca anche di parlare *(oddio... quanto odio anche te adesso!).*
<<Vedrai questo bambino ti aiuterà ed io ti sarò vicino.>> Ha detto lui con aria sempre più paterna che mi sfiniva ancora di più.
<<...hai ragione. Ma io ho una paura fottuta!>> Ho detto lasciandomi andare al suo abbraccio consolatorio, mentre in realtà avrei voluto fuggire lontano *(ma che ne sai tu delle mie paure! Mica hai passato quello che ho passato io...).*

Per scacciare i timori e non pensare alle mie future responsabilità, ho deciso di dedicarmi ad interpretare cosa voleva lasciare intendere l'ex inquilino con le frasi scritte sulle mattonelle del bagno. Leggendole e rileggendole sono arrivata alla conclusione che il tutto seguiva un filo logico, e che leggendole secondo un certo ordine se ne poteva capire il senso.

Infatti, non solo mi sembrava di cogliere da quei versi degli insegnamenti di carattere universale, ma avevo la netta sensazione che il tutto corrispondesse ad una sorta di confessione da parte del vecchio poeta, relativamente alla propria vita.

Inoltre continuavo a percepire la sensazione che qualcosa di indefinibile mi associasse a quell'uomo. Scorgevo in quelle frasi una mesta testimonianza, uno sfuggente sentimento di non vissuto, un vile timore di vivere che dentro di me conoscevo assai bene.

Così ho deciso di riportare in un piccolo taccuino tutte le frasi per poter poi, come in un puzzle, ricostruirne una sequenza al fine di capirne a pieno il significato. Con un rapido calcolo ho contato trecento mattonelle e quindi trecento frasi da trascrivere.

Ero giunta al quinto mese di gravidanza quando Paolo, rientrando un pomeriggio, mi ha trovato carponi tutta intenta a copiare la frase segnata sulla mattonella dietro il lavandino.

Ero giunta all'ultima frase da copiare pensando che la stessa costituisse il verso iniziale:

'CONOSCI TE STESSO E PRESENTALO AGLI ALTRI,
MA SE IL DESTINO TI È OSTILE DALLA SOLITUDINE NON TI SALVERAI'

La curiosità era alle stelle, il mio principale interesse era diventato quello di scoprire il senso di tutte quelle parole. Parole su parole che, su quel rivestimento candido, saltavano agli occhi come virili tatuaggi sul corpo di un marinaio.

Un testamento esistenziale ormai impresso nelle mie retine e che sempre più spesso abitava i miei sogni agitati.

Ogni giorno sul letto le mie mani danzavano frettolose formando un originale copriletto di carta. Spostando i foglietti dall'alto al basso, da destra a sinistra e viceversa, venivano fuori interi periodi che sembravano avere un senso, e che svelavano man mano i tratti della personalità del loro autore. Inoltre più andavo avanti e più mi rispecchiavo in quegli aforismi che, originando da un passato lontano e sconosciuto, risvegliavano in me sentimenti assopiti.

Tutto ciò avveniva mentre Paolo mi osservava in un silenzio eloquente, scocciato dai miei comportamenti, ingelosito, intollerante, con l'aria di chi pensa di assistere ad una sorta di demenza dovuta, nel mio caso, agli eccessi ormonali tipici della gravidanza.

Quando eravamo a casa insieme, comunicavamo secondo un rigido copione di battute ridondanti che ci portavano a rinfacciarci l'un l'altra la nostra stessa presenza.

Lui passava metà della giornata a punzecchiarmi con osservazioni tipo:

<<Dovresti uscire un po', invece di stare sempre su questo letto a giocare con un assurdo puzzle di carta scritta.>>

Oppure:

<<Ci mancava il poeta folle. Adesso è come se tutte quelle frasi avallassero le tue insicurezze.>>

E: <<Nonostante tu faccia di tutto per negarlo, sei una donna forte e non hai bisogno di buttare il tuo tempo dietro a quei versi… anch'io prima ne ero affascinato ma poi ho capito che il nostro scrittore non è stato altro che un povero insoddisfatto, un codardo. Uno che non ha avuto la forza di opporsi al proprio destino, accettando quello che la vita gli ha inferto senza lottare…>>

E ancora: <<Stai passando tutto il tuo tempo dietro a un vecchio pazzo che ha sfogato i suoi rimpianti imbrattando mattonelle... se proprio vuoi vivere male, almeno fatti bastare la tua di infelicità...>>

E per finire: <<Mi sembra che questa cosa ci stia solo logorando, per te non esiste altro, neanche io… neanche il bambino che sta per nascere!>>

Ed io passavo il resto della giornata a cercare di giustificarmi e a difendere quel mio assurdo passatempo, neanche fosse in ballo il mio stesso onore.

<<Che c'è di strano in quello che faccio? Ma poi a te cosa importa, se sei così sicuro che io sia forte perché mai ti preoccupi tanto per queste frasi?>>

Oppure: <<Ma che ne sai tu della mia infelicità, tu che vivi alla giornata e te ne fotti di tutto ciò che non ti tocca direttamente!>>

E: <<Ma che dici, il bambino è dentro di me così com'è al centro dei miei pensieri, tu sei solo un maledetto geloso.>>
O anche: <<È che vorresti essere tu sempre al centro dei miei pensieri... sei un egocentrico del cavolo.>>
E per finire: <<Vigliacco, non hai bisogno di servirti della scusa del vecchio scrittore per addossarmi colpe che non ho.>>
Insomma litigavamo sempre incolpandoci a vicenda di cose mai esistite e ferendoci con parole offensive, poi ogni volta facevamo pace, secondo copione.

Paolo si scusava ammettendo di essere in preda a dei veri e propri attacchi di gelosia, una gelosia inconsapevole nei confronti di uno sconosciuto che riconosceva essere riuscito ad entrare in sintonia con me più di quanto avesse mai fatto lui.

Anch'io, a mia volta, confessavo il mio profondo avvilimento, in fondo dedicarmi a quelle frasi non era altro che la distrazione che mi serviva per non pensare alla mia futura responsabilità di madre.

Gli ultimi due mesi di gravidanza sono passati in fretta. Giunta alla fine della composizione del puzzle, una sera di metà ottobre, mi sono presentata davanti a Paolo annunciando di essere giunta all'epilogo di quanto aveva lasciato scritto il nostro pazzo poeta. Proprio quell'epilogo, così tanto atteso, ha segnato la fine della gravidanza.

Infatti, non ho fatto in tempo a finire la frase che una fitta lancinante al basso ventre mi ha fatto piegare in due. La mia bambina stava per nascere ed il dolore che aveva iniziato a dilatare con ferocia il mio basso ventre era la lacerante metafora dell'inadeguatezza provata non appena me la sono ritrovata tra le braccia.

Mia madre non c'era, era tornata in Spagna da qualche anno, io non le avevo nemmeno detto di essere incinta.

Era diventata nonna e non lo sapeva nemmeno.

Io avevo bisogno di lei più che mai, e lei non c'era.

Il mio pensiero era lontano da lei e non solo geograficamente.

Il pensiero mio lontano da te
mi rende
fredda
indifferente
nervosa.

Tutto ciò che mi circonda lo sente
le pareti della mia casa sono sporche
la gente stizzita
il cielo si tinge di scuro
un vento potente spazza via gli sguardi gentili.

Il mio uomo mi abbraccia la notte
come fossi un peluche
e non la sua bambola di carne preferita
io dormo, e non sogno.

Le parole fanno fatica ad uscire
non ho voglia di sorridere
la gente non mi guarda negli occhi
le mie pupille sono vuote
la bocca non ha respiro ma sete.

Il pensiero mio lontano da te
mi tiene distante da me stessa.

Sono tornata a casa durante un'assolata mattina d'ottobre con il mio delicato compito tra le braccia. Da quel momento sono stata assorbita dai ritmi scadenzati dell'allattamento e delle cure necessarie alla neonata. Paolo tentava di aiutarmi il più possibile cercando, quando poteva, di sostituirmi per permettermi di riposare un po'.

La nostra nuova vita era abbastanza impegnativa e soprattutto completamente diversa da quella, irregolare e libera, condotta fino a quel momento. Nonostante la stanchezza ed il peso delle responsabilità ci sentivamo raggianti. Non passava giorno in cui non notassimo un particolare, anche il più piccolo, nella crescita di Martina, che non ci portasse a considerazioni di meraviglia, come fossimo costantemente baciati da un miracolo.

In questo particolare stato di beatitudine spesso mi domandavo per quale ragione il sentimento di genitorialità provocasse quel senso d'indecifrabile magnificenza, tale da assomigliare ad un potere soprannaturale, nonostante fosse, invece, all'origine dell'umanità stessa e la natività di per sé rappresentasse la cosa più antica e naturale del mondo.

Vivevamo, quindi, in una sorta di beatitudine divina.

Non che la bambina fosse priva dei problemi comuni a tutti i neonati della specie umana, anzi. Ma cresceva sana e serena, e questo era il dono divino per eccellenza, nonostante tutta la stanchezza che questo dono comportava.

Al compimento del suo primo anno, Martina aveva iniziato a frequentare l'asilo nido permettendomi così di tornare a lavorare. Avevo deciso, però, di lavorare da casa, smettendo di recarmi all'estero come facevo in passato, per non lasciarla mai. Ero ossessionata da una necessità di assoluta presenza nei suoi confronti, ed anche Paolo era coinvolto in questo vortice senza nemmeno rendersene conto.

Era questa la vita dopo più di tre anni dall'inizio della nostra storia. Come accade sempre in situazioni simili la passione iniziale si era trasformata in un legame forte e solido, consolidato dalla presenza di un figlio che, inevitabilmente, aveva trasformato una coppia spensierata in una famiglia consapevole ed operosa.

I ritmi delle nostre giornate avevano assunto un andamento sempre più scadenzato ed abitudinario, trasformandoci in genitori apprensivi che facevano di questo ruolo il centro della propria esistenza. Col passare del tempo, però, tanta trascuratezza in tutto quello che esulava dalla vita familiare non faceva altro che creare frustrazioni ed insoddisfazioni che ognuno di noi scaricava involontariamente sull'altro, dando origine talvolta a liti furiose e talvolta, peggio ancora, a taciturne sopportazioni.

Nonostante ciò, eravamo convinti di aver trovato la giusta dimensione di vita. Una vita di famiglia così normale e tranquilla da non riuscire ad esimersi dalla doverosa monotonia che da tutto ciò, inevitabilmente, originava.

La nostra relazione si era trasformata in un solido rifugio nel quale entrambi amavamo abbandonarci quotidianamente, stanchi e sicuri di trovare tutto ciò di cui avevamo bisogno, senza fatica e rischi di sorta.

Un rifugio tanto solido quanto monotono che, con le sue pareti circoscritte, poneva i suoi pesanti limiti a quella leggerezza dell'essere che, in quanto tale, scongiura istintivamente qualsiasi segregazione.

Tutto questo era accaduto in una totale inconsapevolezza, fino a quando una sera, abbiamo deciso di lasciare Martina dai nonni e di andare a cena fuori.

Soli, come non accadeva da tempo.

Durante la cena, aiutati anche da un buon vino rosso, abbiamo parlato molto ed io ho avvertito in maniera palpabile quella strana sensazione di malinconia che normalmente avvolge le cose perse.

Ho provato una forte tenerezza per noi, per quello che eravamo e quello che avremmo potuto essere, sentendo chiaramente che anche Paolo non era estraneo a queste sensazioni. Era come se, durante gli ultimi anni, ci fossimo persi di vista in virtù di una cosa che, ritenuta più importante della nostra stessa esistenza, ci aveva involontariamente sopraffatti.

Ci siamo resi conto degli errori commessi nei confronti di noi stessi, ma più di ogni altra cosa ci siamo accorti di aver stupidamente rischiato di disinnamorarci l'uno dell'altra.

Abbiamo parlato con malinconia dei nostri ricordi più belli che in quel momento ci sembrarono lontani anni luce. Aiutata dal vino, ho confessato a Paolo di non aver più pensato alla mia infanzia tradita e a tutto quello che mi aveva creato scompensi in passato, credendo che la presenza di Martina avesse risolto tutti i problemi. In realtà, però, non mi sentivo affatto felice, certo non avevo di che lamentarmi. Ma quella vaga insoddisfazione aveva ricominciato a fare capolino già da un po'. O forse, non aveva mai smesso di abitarmi, lavorando sotterranea all'accrescimento di quell'inquietudine oscura di cui non mi ero mai liberata, e che adesso mi presentava il nuovo conto da saldare.

Anche Paolo ha confessato di condividere le stesse insoddisfazioni, a modo suo.

Abbiamo riconosciuto di aver sbagliato qualcosa, di aver dato per scontato qualcos'altro, ed alla fine di quella serata eravamo entrambi convinti che con tale rinnovata consapevolezza avremmo potuto ritrovare noi stessi e recuperare la nostra complicità.

Durante quell'unica serata di riconciliazione eravamo cresciuti ed avevamo capito che era giunta l'ora di ricominciare a star bene, veramente.

O forse eravamo solo cresciuti e, forse, anche in modo diverso l'una dall'altro, avevamo acquisito una consapevolezza di indipendenza che esulava dal nostro stesso rapporto.

Usciti dal ristorante abbiamo camminato per mano percorrendo i vicoli di una Trastevere accogliente, in mezzo alla gente ubriaca di vita che passeggiava sotto il cielo stellato di un caldo luglio romano.

Davanti ad un pianobar le nostre risate leggere sono state sopraffatte dalle parole di una canzone familiare *"besame, besame mucho..."*

In quel momento, come uscita da un sogno lungo e statico, ho avvertito un'indefinita sensazione di distacco. Paolo mi ha invitato a ballare. Tra le sue braccia mi sono domandata se davvero ci rendessimo conto di come avevamo seriamente rischiato di perderci e se questa consapevolezza ci avrebbe salvato o soltanto allontanato ulteriormente.

Drin. Suona la sveglia

Allungo la mano per pigiare il bottoncino, incredula del fatto che il fatidico giorno sia arrivato, il primo giorno del nuovo incarico.

Tornerò a lavorare in redazione affiancando un noto giornalista.

Apro gli occhi assonnata.

Le palpebre sono gonfie, non sono più abituata ad alzarmi così presto.

Sono le sei e mezza.

In effetti dovrò essere in redazione per le nove, forse ho esagerato, ma voglio fare tutto con molta calma. La doccia, sistemarmi i capelli in maniera decente, cercare qualcosa da mettermi che sia all'altezza. Dovrò dare l'idea di una donna sicura di me, professionale, e perché no, anche seducente. Poi, prima di uscire, voglio preparare la colazione a Martina e portarla a scuola.

Paolo ancora dorme, mi avvicino e lo osservo, mi fa quasi tenerezza, perso nel nostro letto. Lo sveglierò più tardi.

Intanto mi preparo a ripresentare me stessa al mondo esterno. Provo la stessa vaga tenerezza anche per me, persa nella mia inquietudine.

Sotto la doccia tiepida mi domando come sarà il mio collaboratore, ne ho sentito parlare molto, ho letto cose sue, tante, ma credo di non averlo mai incontrato di persona, neanche di sfuggita. Questo incontro ha qualcosa di intrigante, di fatto non vedo l'ora di conoscerlo.

Mi asciugo i capelli e poi tento di tirarli su, in modi diversi, voglio scoprire il viso, il collo, voglio mostrarmi. È troppo tempo che non mi mostro in giro. Cerco un vestito nell'armadio, non lo indosso da tanto, spero che mi entri ancora: ultimamente ho messo su qualche chilo.

Eccolo! Un bel vestito di una fantasia delicata, scollato, lungo fino alle caviglie, morbido sui fianchi, sì mi stringe un po' sul seno, ma... è bello!

Mi sta bene.

Calzo le scarpe col tacco.

Mi trucco gli occhi appena, passo un rossetto rosa sulle labbra, lo stesso colore della fantasia del vestito.

Spruzzo il mio profumo preferito.

Mi osservo ancora allo specchio: sono pronta.

Mi sento nervosa, eccitata, ansiosa.

Perchè mi domando.

Cos'è che mi prende?

Cos'è questa smania?

Sono pronta!

Non vedo l'ora di incontrare il mio collaboratore.

Adoro quello che scrive e come lo scrive, ho letto tutti i suoi libri.

Chissà cosa penserà di me?

Oddio, ho messo su qualche ruga ultimamente intorno agli occhi, intorno alla bocca. Il mio seno è cresciuto, forse troppo per il vestito che non indosso da qualche anno, da prima che nascesse Martina.

Sono pronta, cerco me stessa davanti allo specchio.

Annuso i miei polsi, il profumo che mi piace tanto, ne metto ancora.

Mi osservo nuovamente allo specchio, mi muovo, mi giro.

Mi piaccio.

Riscontro una vanità che avevo dimenticato, o che forse non avevo mai notato prima.

Non vedo l'ora di incontrare il mio collaboratore e parlare di lavoro, non vedo l'ora di ricominciare a trattare argomenti interessanti sui quali scrivere, sui quali tirar fuori nuovamente l'anima, versandocela sopra, a gocce o a fiumi a seconda di quanto sia stimolante il tema da trattare.

Non vedo l'ora di incontrare il mio collaboratore.

Marco.

Guardo Paolo che ancora dorme, mi avvicino, lo sveglio con un bacio, lui mi stringe poi mi guarda un po' smarrito, ha ancora gli occhi appannati ma si accorge del mio cambiamento.

Sorridendomi quasi con tristezza, mi augura buona giornata.

Preparo Martina che mi osserva divertita, forse non mi ha mai visto così vestita, truccata, anche Paolo nota la mia vanità.

E tutto quel profumo nell'aria, sulla pelle mia.

E quella vanità esasperata.

E l'immagine di me che è rimasta intrappolata nello specchio.

Apro la porta di casa: sono pronta a ripresentarmi al mondo esterno, mostrando al momento, soprattutto, la mia vanità. La bellezza mia o meglio ancora me stessa o quello che ultimamente mi era sfuggito di mano.

Ho bisogno di catturare quel filo, finché continua a sfuggirmi
le immagini svaniscono, le parole muoiono, le fantasie scolorano.
Devo acciuffare quel filo che si prende gioco di me,
si affaccia sovente dalle pagine dei libri, dagli istanti rubati,
dalla magia delle storie raccontate, dalle espressioni della gente comune,
che eppure lo sa come gira la vita.

Devo prendere quel filo e tenerlo stretto tra le dita,
avvolgerlo intorno ai polsi, legarmi le caviglie,
passarmelo in bocca, sulla lingua, tra gli occhi, strofinarmelo nelle narici,
sensazione che continua a sfuggirmi,
annodarmi a quel modo che altrimenti mi fugge.

Poi trovare quel subbuglio interiore che porta a suonare i pensieri,
devo aggrapparmi a quel filo, annodarlo su in cima
e salire più in alto, fino a quando guardare in basso è come volare.

Chiudere gli occhi e riaprirli, appesa a quel filo sottile, mi volto,
ti scorgo, ti soffio intorno, ti lecco, ti lego a me, il filo resiste,
finalmente l'ho agganciato con cura, avverto ora i miei pensieri.

Immagini, parole, il moto dell'universo,
il rumore del silenzio, la quiete del caos,
sono davanti allo specchio e mi osservo nello squarcio dell'anima mia,
scorgo quello che i sensi non osano mostrare,
ciò che non è bellezza ma autenticità.

Tiro il filo, ormai mi appartiene, mi lega, mi cura, sussurra poesie.

Spegnere i sensi e ascoltare con l'anima, ora lo sento che torna alla luce,
le parole si sciolgono, le idee fioriscono.

Ma il filo, traditore, approfitta della distrazione e mi lascia cadere,
lontana dalla cima, lontana dai sensi, lontana dallo scompiglio interiore,
lontana dalla mia stessa natura,
ora guardare in basso è come morire.

da: francisca.oaxaca@lbr.it
a: marco.delfor@lbr.it
re: mi confido un po' con te.

caro marco, ho appena finito l'articolo per la prossima pubblicazione. te lo mando in allegato, fammi sapere che ne pensi.
...scusami... ho voglia di scriverti un po' oltre... voglio raccontarmi a te, anche se in effetti è già da tempo che lo faccio... perché sento che mi sei vicino, nonostante la distanza che siamo costretti a mantenere in redazione.
'mi piace leggerti!' ho trovato questa frase in una tua mail di qualche tempo fa.
e questo mi ha fatto riflettere, credo di non aver mai ricevuto un complimento migliore.
anche la mia amica del cuore, ai tempi dell'università mi ha scritto una volta: 'starei ore a leggere quello che scrivi.'
all'epoca si trattava di uno scambio di lettere che io e lei ci facevamo per analizzare la società (giocavamo a fare le giornaliste impegnate!) ma in realtà ci serviva per analizzare noi stesse. (ci faceva così bene...)
lei era la mia ispirazione migliore. forse non gliel'ho mai detto.
quella frase mi convinse a voler diventare una giornalista. lei aprì in me il desiderio (fino a quel momento sconosciuto) di farmi leggere. farmi leggere.
sono una persona piuttosto riservata, se mi conosci un poco, non mi piace stare al centro delle attenzioni. essere notata non mi piace affatto.
mi piace moltissimo, invece, (quasi un piacere erotico) farmi leggere. è una sorta di esibizionismo sottile.

e tu mi leggi? ogni tanto mi spoglio, davanti a te. un malizioso strip tease un po' studiato, metto a nudo la mia anima. un po' me ne vergogno, ma nello stesso tempo mi piace.
ed immagino il momento in cui tu mi leggerai.
ed ecco lì, di nuovo quella specie di piacere... erotico... sottile.
non mi fraintendere... so che non lo farai!
però poi una spina nel cuore. raccolgo i miei vestiti e mi copro silenziosa con lo sguardo basso, il corpo goffo, il ventre morbido sformato dall'età e dalla gravidanza, dalle delusioni e dai compromessi: di fatto tu non fai altrettanto con me e la mia nudità mi è ancora più pesante. tu non ti riveli a me.
mi neghi la tua complicità...
forse mi trovi patetica (e non mi riferisco al corpo sfatto, quanto all'anima presuntuosa) ma non importa. forse mi ritieni solo un'amica e non me lo vuoi dire.
forse il tuo mondo è talmente diverso dal mio che non vedi la necessità di nutrire una così assurda relazione, al di fuori del rapporto professionale che ci unisce.
ma di fatto avrei bisogno di ricevere da te qualcosa.
ma di fatto sento che i tuoi silenzi sono degli inviti.
anche a me piace molto leggerti... te l'ho già detto vero?
beh tra i due sei tu lo scrittore famoso, ricordi? e sarai certo abituato a farti leggere.
a seminare emozioni negli altri.
voglio sapere solo una cosa da te:
devo smettere di tormentarti o il piacere che provo io a scriverti è in minima parte condiviso da te?

da: marco.delfor@lbr.it
a: francisca.oaxaca@lbr.it
re: re: mi confido un po' con te.

ogni volta che leggo te... un piacere particolare strofina il mio corpo unghie, sento qualcosa addosso caldo, pericoloso, scherza con l'anima mia,
fa una giravolta un capitombolo e poi piano si scioglie e il respiro torna regolare

il battito meno ed ancor freme del delizioso... amplesso
ti leggo sempre!
p.s.: l'articolo è perfetto, ci vediamo domani in redazione.

da: francisca.oaxaca@lbr.it
a: marco.delfor@lbr.it
re: ecco lo sfogo che ti avevo promesso. Divertiti!

mi do in modo avido al mio uomo che tutto possiede di me, tranne quella zona oscura della mente che ancora scalpita, libera, c'è una parte di me che nessuno conosce, qualche spiraglio in ciò che scrivo, qualcosa che all'attimo sembra banale, è per questo che lui non ama scavarmi dentro, teme di trovarvi la radice di ciò che ancora gli sfugge, perché lui è tenace e conosce, a fondo, intuisce e non concede spago razionale a ciò che ancora non riesce a definire, è per questo che mi ama, e continua a preferirmi alle altre donne, è per questo che lo amo, più di ogni altro uomo, perché nonostante lui non riesca a cogliere, si compiace di questa mia parte oscura, e della mia carne, e non tenta l'affondo consapevole della possibile sorpresa, mi tiene così, volando sulle mie inquietudini che si diletta a dominare ogni volta che possiede il mio corpo, più di ogni altra cosa, il sesso con lui è la chiave dell'amore, il mio uomo mi ama e mi sfinisce, scava nell'abisso in cui versa l'anima mia mentre tu non credere di poterti concedere la libertà di sfiorarmi come hai fatto oggi, hai tu forse la presunzione di credermi uguale alle altre donne? non credere che tu possa ottenere da me qualcosa, o che io voglia qualcosa da te, quello che io ambisco dalla vita è solo emozione... sei tu forse emozione?... il fatto che io ti scriva in intimità, non afferma certo che io scriva delle verità. bugie! sono una bugiarda patologica, ci avevi mai pensato? le bugie in fondo non sono altro che eccessi di fantasia, ed io in fatto di fantasia, non mi faccio mancare nulla!
guardo assiduamente nei tuoi occhi in cerca di qualcosa che mi suggerisca la prossima battuta, quello che ne segue spesso è... silenzio.
silenzio.
...non ti permetterò di sfiorarmi ancora se tu non mi mostrerai un briciolo di te, di come sei, e questo significa che probabilmente non mi sfiorerai mai... e vorrei aggiungere abbastanza!

Nessuna risposta.

da: francisca.oaxaca@lbr.it
a: marco.delfor@lbr.it
re: perdonami

mi cospargo il capo di cenere, mi inginocchio davanti al muro del pianto, abbandono le braccia abbassando lo sguardo, e prego il dio dei bambini. il mio cuore è triste, dimmi che quella mail presuntuosa non ti ha deluso. non è affatto vero che tu non sei emozione. sono io che ho voluto, volutamente, disprezzarti. in preda ad un odioso atto di vanità. stupido, presuntuoso atto di vanità esibizionista. quello sfogo mi ha letteralmente svuotata. non ho più forza né calore. ho tirato fuori più di quanto avrei mai dovuto, come in una sbornia senza limiti. ogni tanto ho bisogno di toccare il fondo, come se ciò mi desse la dimensione dalla mia vuota profondità. ma adesso mi manca l'aria, sono andata troppo giù, non c'è più ossigeno qua sotto. allunga la mano, aiutami a risalire.

da: marco.delfor@lbr.it
a: francisca.oaxaca@lbr.it
re: re: perdonami

ti voglio... bene

da: francisca.oaxaca@lbr.it
a: marco.delforte@lbr.it
re: chiariamo, e basta

allora mettiamo subito in chiaro alcune cose:
io ti ho detto molto di me e tu non hai fatto altrettanto, questo mi pone in una situazione di svantaggio ed io non amo essere in posizione di svantaggio.
non so, ripeto, non so cosa pensi di me.
io so molto bene cosa penso di te, nonostante non riesca a definirti.
sicuramente io mi pongo troppe domande e sicuramente tu no.

(ma questa in fondo non è che la reale differenza tra donna e uomo).
vogliamo giocare? giochiamo!
non ho paura di perdermi, ma di conoscere qualcosa che ancora non conosco.
ciò che voglio sapere di te, è come sei - cosa che continua a sfuggirmi - e non quello che fai (fatti tuoi!)
non mi sono mai permessa di entrare nella tua sfera personale.
mi piace da impazzire giocare con te in questo modo.
ciò premesso, se solo ti avessi qui vicino a me... (la sola idea mi fa impazzire!)
sei l'unico uomo al mondo che mi provoca una sorta di odio-amore, tenerezza-rabbia, possesso-libertà... e potrei continuare per ore con sinonimi e contrari.
penso che se ti avessi qui vicino ti succhierei l'anima tanto da farti male. quasi male. malino...
no, no... ti farei bene. bene, bene benissimo.
l'unica cosa che so con certezza è che non mi risponderai più - almeno per i prossimi due mesi.
ci vediamo domani in ufficio.

da: marco.delfor@lbr.it
a: francisca.oaxaca@lbr.it
re: re: chiariamo, e basta

invece ti rispondo subito stronza! cosa vuoi?
mi eccita quando scrivi
ti sarai accorta che certo non mi mancano le donne, ed alcune me le prendo
e basta... tu invece, m'ispiri
tu Francisca, sei speciale...
mi piacerebbe masturbarmi guardandoti
poi, ancora ti terrei stretta
ti sporcherei
ti prenderei con forza
e poi con dolcezza ti racconterei ininterrottamente lo scorrere della vita mia
ti confiderei delle cose

poi ti minaccerei, sorriderei
poi di nuovo ti prenderei all'estremo
ti regalerei un fiore in carta di giornale e poi ti darei uno schiaffo
poi me ne andrei
quasi quasi... prima del mattino
poi fischietterei di te e... andrei
alla fine però, forse... tornerei.

p.s.: l'articolo è un po' freddino... mettici anima, mettici il calore che metti nelle cose che scrivi a me.

da: franciscaoaxaca@lbr.it
a: marco.delfor@lbr.it
re: confessioni notturne, le peggiori

mio marito è a londra per lavoro, tornerà fra due giorni, e la mia anima è inquieta. martina dorme tranquilla. ogni tanto vado a guardarla: è così tenera nel sonno. l'accarezzo, ha la testa sudata e sembra sorridermi. dovrei sdraiarmi accanto a lei per trovare un po' di pace... la sua pelle emana pace e serenità... ma non cerco pace, l'ansia cresce e torno qui a scrivere. scrivere a te, a sviscerare quello che mi scava dentro. è difficile trovare le parole per definire questa strana inquietudine. io, che trovo parole facili per tutto... cos'è che voglio da te? forse una semplice scopata. non so, adesso, in questo istante, ti vorrei qui. ma tutto sarebbe così irreale, irrazionale. non so, forse perché non voglio tirare fuori quello che ho dentro. o meglio perché tu me lo tiri fuori a forza, e questo non va. non è razionale. è pericoloso! alla mia età si è molto razionali! tu sai, amo il mio uomo e non vorrei una vita diversa. nella mia mente ordinata, la vita che faccio, anche se difficile, è lineare e mi rende felice. però in queste notti in cui non sono sua moglie mi sento in balia di un'emozione estranea, è qui che esce l'altra mia me che probabilmente ha bisogno di averti un poco. non so definire. tu non mi rispondi mai, poche pochissime parole. talvolta antipatiche, che mi fanno rabbia... ma poi altre poche parole invece... mi hai scritto cose che forse andavano colte. di qualche sguardo, sospiro, avrei voluto coglierne il significato... ma poi quando ci incontriamo al lavoro, in mezzo agli altri, sembriamo quasi due estranei, c'è del disagio tra noi e l'ho creato io, con questa mia smania di scriverti, in segreto. di fatto ti temo. ieri in redazione ti avrei abbracciato per ore, non ti avrei più lasciato andare... però non so... di fatto avrei voluto solo tenerti stretto. nulla più. si possono amare due persone contemporaneamente. questo lo so con certezza. io l'ho fatto. ho amato due uomini, diversi, diversissimi, in maniera diversa. avevo bisogno di entrambi, in un certo periodo della mia vita, ero giovane e avevo bisogno di conferme... in quel periodo della mia vita - amando entrambi - mi sentivo completa! tu credi che io sia innamorata di te? non so... di certo non mi libero di te come talvolta vorrei. mi sei dentro la testa in modo costante. ma la cosa che amo di più è scriverti, e leggerti, quelle rare rarissime volte che mi rispondi. di fatto non abbiamo mai parlato molto. non ci siamo mai frequentati al di fuori del nostro lavoro, ma scrivendoti io credo di averti aperto la mia anima come non ho mai fatto con nessuno. (non posso dire di te lo stesso, ahimè! o forse è il contrario ed io sono cieca! doppiamente ahimè!) scriverti mi appaga. ma mi domando: dove arrivano le mie parole? cosa raggiungono di te? eccomi sono qui a sorriderti mentre ti scrivo. con l'anima in mano. a confessare tutto l'inconfessabile. a pregarti di dirmi qualcosa, che sia vero, soprattutto vero! che sia di aiuto per quietare questa mia anima in pena. in un modo o nell'altro! nel bene o nel male! ti prego, amico mio carissimo, parlami con il cuore in mano e apriti a me, cosa sono io per te?

da: marco.delfor@lbr.it
a: franciscaoaxaca@lbr.it
re: re: confessioni notturne, le peggiori

buongiorno notte mia... cosa sei tu per me? un'anima luminosa...

da: franciscaoaxaca@lbr.it
a: marco.delfor@lbr.it
re: di nuovo con quel libro tra le mani...

non so perché ma mi sono ritrovata di nuovo con quel libro in mano. ogni tanto nella vita mi capita la necessità di rileggerlo.

ne sono letteralmente innamorata. mi attira ogni volta a sé, sapendo quanta necessità ho di ritrovare le sfumature che ho dimenticato, a causa della mia pessima memoria.
ti copio un brano, che trovo di un erotismo sublime:

> una volta che l'aveva appena addormentata e lei era nell'anticamera del primo sonno
> e poteva quindi ancora rispondere alle sue domande, le disse:
> - bene, ora me ne vado.
> - dove? chiese lei.
> - via. rispose lui con voce severa.
> - vengo con te! disse lei tirandosi su a sedere.
> - no non puoi. me ne vado per sempre. disse lui e passò dalla camera all'ingresso.
> lei si alzò e lo seguì, strizzando gli occhi.
> aveva indosso una camicia da notte corta, senza nient'altro sotto.
> il suo volto era immobile, senza espressione, ma i suoi movimenti erano energici.
> dall'ingresso lui uscì nel corridoio del pianerottolo e le chiuse la porta in faccia.
> lei l'aprì con gesto brusco e lo seguì, convinta nel suo dormiveglia che lui volesse andar via per sempre e che lei dovesse trattenerlo.
> lui scese le scale fino al primo pianerottolo e si fermò ad aspettarla.
> lei lo raggiunse, lo prese per mano e lo riportò con sé a letto.

poi c'è quella teoria sull'anima, che affiora dal corpo solo quando ci si trova con persone che hanno qualcosa in comune con noi... o un qualche segno di riconoscimento...
non so dovrei ritrovare le parole precise, ricordo che l'autore parla di un equipaggio che si presenta tutto sul ponte della nave... l'equipaggio è l'anima e la nave il corpo.
te lo scriverò con precisione. se vuoi. fammi sapere.

Nessuna risposta

da: franciscaoaxaca@lbr.it
a: marco.delfor@lbr.it
re: oggi mi hai cercato ben due volte

analizziamo la cosa:

ho appena addormentato Martina, Paolo è fuori per lavoro tornerà a metà settimana, ed io ho pensato di chiamarti. avrei avuto un po' di tempo per parlare un po' con te. da soli.
nonostante tu non abbia risposto ai miei messaggi di oggi (maleducato!).
ma... dulcis in fundo... non hai risposto alla mia chiamata.
ti ho scritto la scorsa settimana con l'anima in mano.
a proposito di quello che dice kundera dell'equipaggio e la nave, come metafora dell'anima e il corpo. se sei stato attento, dovresti aver già fatto tuo il concetto.
beh a proposito di equipaggio, ti ho scritto mentre l'equipaggio era tutto riunito in bella mostra sul ponte della nave a sventolar bandiere e a suonar trombe... per richiamare l'attenzione del gradito passeggero che si ambisce ospitare nella suite d'onore...
nonostante questo non mi hai risposto. allora, dicevo, ho pensato di non scriverti più.
non c'è problema, l'equipaggio rientra in attesa di tempi migliori!
ma, ieri sera, mi ritrovo quei messaggi sul telefonino, l'ultima cosa che mi sarei aspettata di leggere, veramente l'ultima cosa:
marco: ci vediamo?
marco: ci vediamo?
li ho letti, ho fatto in tempo a farmi tremare le gambe, accelerare il battito cardiaco, passarmi la mano sul collo per allentare la sciarpa, sentire la febbre salire salire, passarmi la mano tra le gambe stringendo i muscoli... e a cancellarli.
puff svaniti nel vuoto! per sempre! puff
siamo rientrati a casa, piuttosto stanchi. ma a letto... non so...
è che ripensando alla idea di te che volevi vedermi e che mi mandi ben due sms di domenica come se quell'esigenza fosse talmente impellente... da non pensare di trovarmi in compagnia del mio uomo... o di strafregartene... mi è venuta una tale smania.
non nego. che i miei pensieri, ogni tanto, spesso, ma senza esagerare erano rivolti a te. bel tenebroso mio!!!
(...al mio uomo non bisogna certo insegnargli nulla!)
e oggi? tu mi snobbi. di nuovo. lì a puntualizzare con i tuoi silenzi le distanze.
se fossi una donna normale ti avrei già mandato al diavolo, almeno per una questione di orgoglio! e invece no!

mi sembra di vederti, soddisfatto del fatto che oggi ti ho cercato. tanto. tanto.
non so definire se sia una questione di orgoglio, la tua.
o un sano divertimento (a sfondo erotico?), condivisibile, comprensibile, all'idea che io ti stia ancora qui a scrivere... con il famoso equipaggio sul ponte.
tutto questo a me diverte da morire. l'equipaggio di cui sopra si eccita talmente tanto che al momento ha cominciato a sbronzarsi e sta simulando orge... con le migliori prostitute del bordello del porto! la nave ondeggia ancorata, in attesa.
domani notte, se vuoi, puoi venire da me. sappi che però si parlerà, si riderà e poi via! l'equipaggio ti aspetta con ansia. ma forse la nave salperà per nuovi lidi!
siamo due personaggi di un racconto surreale. per questo, soltanto per questo, ti amo moltissimo!

Nessuna risposta

da: franciscaoaxaca@lbr.it
a: marco.delfor@lbr.it
re: l'amore più romantico è quello inappagato

sentito in un film che di inappagato aveva poco... "l'amore più romantico è quello inappagato" ...sarà vero...
ma oggi io ho un tale bisogno di abbracciare te. ma il mio bisogno è puramente materiale, fisico? Chissà...
la necessità di sentire con il tatto la tua pelle, e magari che so, l'odore di quell'animale inquieto che sei e ascoltare il tuo respiro.
l'amore più romantico è quello inappagato
sarebbe stato meglio incontrarci al lavoro, oggi, in mezzo a tutti gli altri, non sarei rimasta sola con questi miei pensieri, avrei visto te, e capito che non ci sei... che non ci sei più,
se mai ci sei stato.
l'amore più romantico è quello idealizzato
avrei bisogno delle tue carezze. e baci, baci e dormirti addosso, per mille ore. anche se carezze non me ne hai mai date e baci nemmeno. e dormirti addosso, oddio: un sogno! sì forse l'ho sognato...
l'amore più inappagato è quello dimenticato

non credevo di riscriverti in questo modo, con l'anima in mano, mi è subentrato un certo orgoglio ultimamente... ma oggi i pensieri sono arroganti, hanno la meglio...
tu non rispondi più alle mie mail, le leggi, forse, ma non dici niente, e poi quando ci vediamo in mezzo a tutti gli altri... i tuoi sguardi... dicono moltissimo...
l'amore più dimenticato è quello ignorato
mi hai sfiorato ancora sulle labbra con dita morbide, da dietro, e io non me ne sono nemmeno resa conto, se non fosse che dopo, dopo, dico dopo tanto, il pensiero di quelle dita mi ha sconquassato l'anima
l'amore più ignorato è quello abbandonato.

Nessuna risposta

da: franciscaoaxaca@lbr.it
a: marco.delfor@lbr.it
re: trasparente

io sono trasparente e scrivo su questa casella abbandonata
che probabilmente non apri più...
dove ormai non ricevo più risposte da tempo.
le nostre giornate scorrono in mezzo al rumore di mille voci e telefoni che squillano e movimenti di persone, la frenesia del lavoro, come su un palcoscenico teatrale, mai soli!
ed io ancora a scrivere su questa casella abbandonata.
zona franca, qui posso scriverti che mi basta sentirti intorno ogni mattina.
ho appena letto su un libro:
'ecco a che serve la globalizzazione del sesso. a calmare l'umanità in attesa del botto.
...la religione è l'oppio dei popoli, ma il sesso è una droga più efficace...'
aggiungerei i sogni, le fantasie, i sogni ecco infine la droga di complemento!
è stato tutto un sogno dai contorni indefiniti.
mi manca la dose delle tue parole, delle cose, rare ma preziose che mi hai scritto.
la dose di fuori e intorno, fuori di me. fuori di te. intorno a te.
anche se tu non... mi... parli. eppure mi basta. io fuori tu intorno.

e quell'emozione virtuale della quale non riesco più a fare a meno.
questa è la mia zona franca, qui non ci sono regole. zona franca io sono franca ma trasparente.
non mi leggi, non mi rispondi, non mi parli. che fa! mi basta.
poi io sono talmente trasparente che tu puoi passarmi attraverso.
lo fai tutte le mattine in redazione.

da: marco.delfor@lbr.it
a: franciscaoaxaca@lbr.it
re:

solo nella mia casa a leggere vagando da un divano all'altro,
riporto le frasi che ho sottolineato perché scritte da altri ma mie, mie nel profondo.
nell'attesa della mia solitudine senza te, è bello il mio naufragare in pensieri dolci di cambiamenti interiori che avverto sempre imminenti...
mia è la vita che tanto mi sorride e mi piange dentro,
continuo a sentirmi dentro il dolce peso di quel trasporto d'amore verso gli altri, coloro che trovo irresistibili, che adoro sentirmi accanto, che mi fanno ridere di cuore, che, loro malgrado, mi trasmettono gli incipit che scrivono dentro di me interi capitoli, che restano poi in attesa di futura elaborazione...
e mi innamoro ogni giorno di donne e di uomini che sento poi provare - quasi spaventati - lo stesso sentimento per me... è questo il potere grande delle ragnatele che segnano i rapporti umani.
è questa l'ispirazione di ogni romanzo, ho un personaggio per ogni persona che amo, ho la capacità di leggerle dentro quello che non ha il coraggio di confessare...
ho anche te... tuo malgrado, e questo mi consola.
lo hai detto tu stessa, siamo due personaggi surreali di uno strampalato romanzo d'amore, e per questo, soltanto per questo, anch'io ti amo moltissimo.
ho però anche la necessità di cambiare spesso città e non fermarmi mai in questa affannata ricerca di me stesso.

Partirò per new york.

Altre mail, mie, tante, insistenti – prima – durante – e dopo... e poi… più nessuna risposta.

E nessuna risposta.

Silenzio.

Silenzio.

E di come tutto finisce prima ancora di iniziare

Siamo rimasti soli in redazione.

Straordinari, quasi notte.

È la prima volta che ci capita, da soli. Ci baciamo, ed è la prima volta che accade, dopo tutte quelle confessioni, le mie, dopo tutte quelle mail, le mie, nelle quali io mi sono denudata completamente e lui, lui ha più volte alluso ad una profonda attrazione, e cos'altro? Cos'altro non so.

Il nostro bacio è lungo e profondo, e racchiude in sé tutte le emozioni fino a quel momento solo immaginate. Ma io sento di non riuscire a lasciarmi andare. Non voglio andare a letto con lui. E lui lo sa. È troppo intelligente per non capirlo. Eppure c'è un desiderio forte che ci attrae l'uno all'altra, ma la ragione, la mia ragione è più forte, e non mi lascia andare.

Sono consapevole che questo sarà il nostro primo ed ultimo bacio, l'emozione covata per così tanto tempo in modo virtuale, attraverso una corrispondenza quasi surreale, si sta esaurendo con esso.

Tutte quelle parole hanno ingigantito le nostre emozioni, i nostri sentimenti che in realtà si mostrano assai più modesti.

Emozioni talmente forti sulle parole che nei fatti perdono valore.

Il nostro unico bacio.

Se fossi ancora bambina penserei al finale di una fiaba d'amore nel quale un principe bacia la sua dama e quell'atto rimane eterno, immutabile e rappresenta la perfezione raggiunta, nella realtà oggettiva della favola.

Ma siamo entrambi adulti e quindi consapevoli che la nostra passione appartiene più all'immaginario che al reale, perché idealizzata sulle parole, su emozioni oniriche, su un vissuto idealizzato.

È così che quel bacio rimane orfano e non si profonde in alcuna evoluzione.

Lui mi osserva da vicino, accarezzandomi i capelli, io gli poggio le dita sulle labbra. I nostri movimenti sono lentissimi.

Attimi lunghi.

Eterni e fuggevoli.

Belli e struggenti.

Ma anche vuoti, senza parole da aggiungere.

Istanti durante i quali il tempo si ferma ed assume la forma dell'eternità.

E che immediatamente dopo diventano fuggevoli. Già passati.

È già stato scritto tutto e anche troppo. Tutte quelle parole scritte non hanno fatto altro che snaturare la nostra passione.

Quel che rimane è silenzio.

Lui partirà, andrà a New York per un tempo lungo… ed io non lo vedrò più. Forse tornerò a scrivergli, come ho fatto finora, come su un diario segreto. Perché è questo quello che è stato, il pignolo, scrupoloso sviscerare della mia persona, sul bianco accogliente di un diario segreto.

E lui lì ad accogliermi. Ad accogliere tutte le mie elucubrazioni, silenzioso, a goderne senza smania di possesso, proprio come carta creata semplicemente per essere scritta.

O forse tutto finirà così, come cominciato, ossia niente più, neanche più le parole scagliate con tanta sincerità d'animo. Non più nero su bianco, ma bianco e nient'altro. Carta da gettare via, al limite da riciclare.

Il nostro è un bacio d'addio.

Il silenzio che ne segue mi accompagna dentro per tutto il tragitto di ritorno a casa. È un silenzio profondo, luttuoso, di rassegnazione, di chiusura.

È delusione?

È già rimpianto ed eternità che prende la forma di istante.

L'istante che non torna mai più.

La fine di un amore, anche solo immaginato, anche solo mai iniziato.

Fine.

È già passato.

A casa trovo Paolo con il grembiule da cucina, quello con le rotonde nudità di una casalinga stampate sopra, tutto preso nella preparazione di una cena a base di pesce.

È rientrato da Londra ed è di buon umore, è andato a prendere Martina a scuola ed insieme sono andati a fare la spesa. Ora sono qui tutti e due in cucina a giocare a fare i cuochi. La cena di Martina è già pronta, la facciamo mangiare e poi lui la porta a dormire: domani si va a scuola.

Usciamo in terrazza. La tavola è già pronta, nel frattempo ho fatto una doccia e indossato la camicia da notte di seta che lui mi ha portato da fuori. Sotto la doccia ho tolto definitivamente il profumo di Marco dalla mia pelle, sotto il mio naso, sulle labbra. Sotto la doccia ho tolto il pensiero di lui dalla mia testa.

Sotto la camicia da notte appena acquistata in una città lontana, ritorno ad essere la moglie di Paolo.

Ci sediamo ed iniziamo a cenare.

Lui mi osserva con un trasporto che non notavo da tempo, sento che mi ama moltissimo stasera, ed il suo desiderio è quasi palpabile. Non mi capitava di provare questa sensazione da anni. Mi torna in mente Marco, e tutta la nostra assurda relazione virtuale ed il suo effimero epilogo costituito da un unico bacio, ed è in questo istante che il ricordo di quel bacio così recente mi sconquassa l'anima e la smania di lui si impadronisce di me.

Il mio corpo va in confusione più di quanto era successo mentre mi baciava.

Quello che mi assale è la prima ombra del rimpianto, un rimpianto appena venuto alla luce per non aver vissuto quell'amore. Un amore covato nei pensieri con le parole scritte, e mai nato sulla pelle che, invece, avrebbe dovuto ospitarlo. Quella stessa pelle che, soltanto adesso che il tempo è scaduto, ambisce le carezze mai ricevute.

Paolo si alza per mettere su della musica. Ecco le note di quella vecchia canzone spagnola. Ancora una volta la colonna sonora della mia vita, il mio corpo ancora trema per le labbra sfuggenti di Marco che ho assaggiato oggi dopo tanto desiderio sfoggiato nero su bianco. Ma di fronte a me c'è Paolo, che sento di amare, nonostante la passione per quell'altro uomo che mi ha rapito i pensieri da tempo, che mi ha rubato versi d'amore e che adesso mi ruba i sensi.

Il desiderio dell'uno si fonde con il desiderio dell'altro.

Non chiedo di meglio che essere amata e lasciare che le mie fantasie facciano il resto.

Nell'etere echeggiano le parole *"...besame, besame mucho..."* mentre una luna piena, pallida più che mai, abbassa i suoi occhi stanchi sulle scene di un film già visto.

È ottobre ed il tempo è ancora caldo e il sole forte. Ottimo per organizzare la festa di Martina sulla spiaggia, verranno tanti amici e... mia madre.

Domattina andremo a prenderla in aeroporto.

È già domani ed è una splendida giornata. L'estate sembra non finire più. Ancora ci si può vestire con abiti leggeri e la sabbia sotto i piedi nudi, ancora calda per il sole, infonde una sensazione di tiepido massaggio a tutto il corpo, scaldandolo fin su nell'animo. Mia madre è ancora molto bella, nonostante l'età e le vicissitudini della sua esistenza. Balla con Martina e sorride, la mia bambina le somiglia moltissimo.

Ballano una rumba aggraziata sulle note della canzone *"Besame mucho"*.

Scatto tantissime foto. So che in futuro le guarderò spesso e quella colonna sonora si sarà arricchita delle scene mute di questi piccoli attimi di felicità familiare.

E' una splendida giornata d'ottobre.

Qui su questa spiaggia, davanti ad un mare quieto e sotto il sole clemente di ottobre giunto quasi al tramonto io avverto fulminea la felicità dell'attimo. Ho tutta la mia famiglia compresa lei, mia madre, che il destino ha voluto vedova troppo presto e che conserva ancora negli occhi il ricordo malinconico dell'unico amore della sua vita, e nel corpo il rimpianto dell'ingiustizia subita.

Sì, sono felice ma forse è solo un attimo, incontrando il suo sguardo solitario anch'io sento all'improvviso il dolore acuto della mancanza di mio padre, andato via ancora troppo giovane, che se fosse qui adesso, con i capelli bianchi, le rughe intorno agli occhi ed i movimenti lenti, potrebbe con una carezza colmare questa malinconia improvvisa.

Malinconica emozione, come una vecchia pellicola infiammabile.

Inquietudine stanata occhi altrui che la osservano,
vecchia pellicola in bianco e nero,
senza traccia sonora, sensazione di film già visto
e repliche, repliche.

Ogni respiro si ferma a metà,
fotogrammi in guisa di pensieri,
smania incessante è l'immenso mio abitato,
dalla parola negata, corpo fremente,
eterno protagonista di un film,
prigioniero del suo stesso monotono ruolo.

Preme l'insofferenza nel profondo dell'anima mia,
inquietudine che scorre su un fondale offuscato,
quietare questa smania di esistere
...per un tempo finito, finito mai,
che calmi questo mal d'anima,
ti detesto e ti amo, malinconia.

Detesto te per quest'ansia che non cessa mai,
che non mi accontenta, che non fa che nutrire,
vento su fuoco, azzardo di bobine infiammabili
di un cinema nato già pronto a finire.

Amo te per quest'emozione che mi rende viva, palpitante,
linfa vitale che scorre nelle vie sotterranee,
immagini dall'ascolto interiore,
che girano in tondo, scorrono veloci,
e non muoiono mai.

E' notte fonda.

Ho appena finito di scrivere un articolo sul quale ho lavorato per l'intero fine settimana. Paolo e Martina sono ancora dai nonni. Memorizzo l'articolo, provvederò domani a rileggerlo ed a sintetizzarlo ulteriormente.

Sono così stanca ora.

Non ho neanche cenato.

Ho voglia di spaghetti.

Adoro gli spaghetti!

Preparo un intingolo di aglio, olio e peperoncino e ci condisco la pasta abbondante, scolata al dente. È piccantissima, proprio come piace a me.

La casa è silenziosa. Sento la mancanza di Martina e di Paolo, ma non mi dispiace avere del tempo a disposizione solo per me.

Vado in bagno e riempio la vasca versandoci del bagnoschiuma al sandalo, il mio preferito, e mentre un vapore caldo mi avvolge e la schiuma si gonfia sopra il livello dell'acqua, mi spoglio e m'immergo.

È da tempo che non facevo un bagno così.

Fuori dal tempo.

È così rilassante...

Rileggo qualche frase qua e là e mi ritorna in mente tutto il lavoro fatto con la trascrizione delle frasi sui foglietti... mi sembra così strano. È passato tanto tempo e mi sembra addirittura un'altra persona quella giovane Francisca che passava le sue giornate a ricopiare frasi lasciate da un poeta sconosciuto sul rivestimento di un bagno. Ma la cosa più strana è che dopo la nascita di Martina, al ritorno a casa, ho dimenticato come per incanto tutto quel lavoro ed il suo esito rivelatore. Come se tutto l'accanimento che mi aveva guidato in quella ricerca assurda, ad un certo punto, fosse stato sostituito di getto dalla presenza di Martina.

Sì, probabilmente avevo bisogno di concentrare tutte le mie attenzioni su di lei, e forse ciò è anche servito per staccarmi dai miei ricordi pieni di rancore. Tutto sommato l'esito è stato positivo.

Forse.

O forse ho solo accantonato il problema, rischiando di ingigantire il mio lato oscuro…

Chissà?

Sono passati quasi quattro anni e mezzo, e la sensazione è quella di aver soltanto corso… corso affannosamente, senza sosta, per giungere tutte le sere alla domanda assurda che mi sono posta per tanto tempo, ed alla quale ho voluto rispondere sempre allo stesso modo 'Sì Martina è felice, sono una brava mamma, tutto il resto non conta…'.

Invece mi sbagliavo il resto conta eccome… ed io in questa corsa folle ho dimenticato me ed il vecchio scrittore pazzo.

Colui che al mondo ho sentito più vicino alla mia anima dopo mio padre… colui che sembra aver lasciato scritti quei versi solo per svegliare la mia coscienza da questo torpore…

È incredibile, io in questo bagno ci entro ogni giorno, più volte, ma mi sono talmente abituata al suo rivestimento da non farci più caso.

Ed eccomi qua stasera. Dopo quattro anni e più dal giorno in cui ho sciolto l'enigma, la prima sera dopo quell'evento in cui sento di possedere tutto il tempo del mondo, stasera mi accorgo di non aver voluto più pensare a quel caro vecchio poeta che tanto mi aveva affascinato con le sue affermazioni esistenziali.

Comunque sia mi è tornata alla mente questa storia dimenticata, e sono contenta. Dovrò mettermi alla ricerca dei documenti che devo pur aver messo da qualche parte…

Bene… sono così stanca che mi addormenterei qui nella vasca… senza pensare più a niente.

Ma l'acqua nel frattempo si è freddata e mi scuote, esco dalla vasca e mi asciugo. Allo specchio la mia pelle è particolarmente bianca. Sbadigliando infilo la camicia da notte e raggiungo il letto. So che non ci sarà nessuno a svegliarmi domani e quindi potrò dormire finché non mi sentirò, finalmente, riposata come non lo sono più da tanto tempo.

E' domenica.

Il sole è già alto nel cielo ed illumina la stanza.

E' mezzogiorno, le campane della chiesa suonano con vivacità accompagnate dal vociare festivo di gente che passeggia. Mi sento un'altra persona.

Erano anni che non dormivo così profondamente. Affacciandomi alla finestra ammiro il sole che anche oggi splende illuminando tutta la casa.

Eccola Filomena che arriva col suo passo deciso, tutta nera, piccola e determinata, eccola che cammina al suono delle campane. Guardo l'orologio: sono le dodici in punto. Mi torna in mente il sogno della notte passata.

Un sogno lungo, pieno, incomprensibile a tratti.

Ho sognato il vecchio scrittore.

Incredibile, non avevo pensato a lui per tutti questi anni, poi improvvisamente, mi era tornato alla mente ed infine eccolo là che mi appare anche in sogno.

È la prima volta che lo sogno. Non ne ricordo le fattezze. Ho solo come una vaga sensazione di figura familiare. Un uomo anziano, anche bello, anche buono, sì pensandoci bene, potrebbe anche essere mio padre.

Eppure non avevo mai pensato a somiglianze tra loro due, prima di questa notte. Mio padre ed il vecchio scrittore.

Mai. Mi sembrano due persone così diverse.

Mio padre non era un pensatore. Il suo modo di essere era caratterizzato dalle azioni e non dalle parole. Possedeva una graziosa pescheria nel porto del piccolo paese basco dove vivevamo.

Uno di quei negozi pittoreschi con le tende a strisce ed i banchi in ordine e vendeva il pesce che i pescatori, gli amici suoi di sempre, e lui stesso portavano dopo lunghe nottate in mare, nel freddo oceano atlantico. Lavorava moltissimo, eppure era sempre presente, la sua presenza giornaliera, anche se di breve durata, silenziosa, riempiva completamente i miei bisogni di bambina.

Mio padre era un uomo profondamente libero nell'anima, sarà stato per questo che amava così tanto gli aquiloni...

Ancora lo ricordo, il mio primo aquilone, lo costruimmo insieme utilizzando buste di plastica di vari colori, ancora lo ricordo volare strapazzato dal vento delle coste atlantiche. Ho tuttora in memoria l'emozione di sereni pomeriggi festivi quando, tenendomi per mano, lui sosteneva che se solo mi avesse lasciata il vento mi avrebbe portata in alto, insieme all'aquilone, su nel cielo a volare. Mio padre, giovane e buono. Un'ombra fuggevole della quale ho quasi smarrito il ricordo dei tratti fisici, ma di cui conservo ancora il calore nella mano.

E io ridendo me lo immaginavo proprio quel volo rocambolesco nel cielo del mio paesino di mare, spazzato costantemente da un vigoroso vento di tramontana, ed immaginavo di vedermi dall'alto, piccina, mano nella mano con lui. Due puntini sulla spiaggia chiara, accanto ad un immenso mare blu, in quel volo surreale che prima di tutto mi provocava un amore smisurato per la natura tutta.

Questo me lo ricordo bene, una delle poche cose che rammento nitidamente della mia infanzia. Continuo per questo ad amare gli aquiloni e a giocarci con Martina, cercando di trasmetterle le fantasie di quegli stessi voli pindarici sopra una natura complice e materna.

Ecco questo era mio padre, nei miei ricordi. Così diverso da come ho sempre immaginato il vecchio scrittore.

Eppure continuano a sovrapporsi. Che strana sensazione!

Nel sogno io m'incontro con quest'uomo anziano in un bar luminoso al centro di una vasta piazza dall'architettura ispanica. Siamo seduti ad un tavolo e tutt'intorno c'è moltissima gente che cammina, parla, ride, insomma un'atmosfera di gaiezza estiva. Infatti, so di trovarmi in vacanza in Spagna.

L'uomo mi consegna una scatola di cartone fiorato, raccomandandosi di conservarla bene perché, prima o poi, mi potrebbe servire per il cambio di stagione. Il cambio di stagione?

Io infilo la scatola nella borsetta. Strano sembrava tanto grande ed invece entra perfettamente nella tracolla rossa che indosso. Ringraziandolo affermo che i miei figli saranno felici di ricevere quel dono prezioso. Ho detto i miei figli, ma ne ho soltanto una, di figlia, eppure ricordo chiaramente di aver usato il plurale.

Poi di colpo mi ritrovo in casa e Paolo mi tiene abbracciata nel letto mentre mi annuncia di aver provveduto a ristrutturare il bagno, togliendo il rivestimento segnato dalla penna indelebile di mio padre.

Di nuovo la confusione tra lo scrittore e mio padre.

A quel punto corro nel bagno, terrorizzata, perché so che tolte quelle mattonelle non mi rimarrebbe più nulla di quegli scritti. Più nulla di mio padre. Scomparso per sempre.

Così spalancando la porta constato, nella più totale disperazione, che al posto delle mattonelle parlanti ci sono un'infinità di piccoli specchi che riflettono l'immagine di una donna nuda che piange.

Piange come se avesse smarrito il senso della propria vita.

Poi di colpo mi ritrovo sulla spiaggia. Fa caldo e sotto l'ombrellone c'è la scatola di cartone fiorato. La apro ed all'interno ci sono tutti i foglietti riportanti gli aforismi dello scrittore. Poi succedono altre cose che ho già smarrito.

Ripensando al sogno non riesco a stabilire se sia stato brutto o bello.

La cosa che mi lascia perplessa è questa continua sovrapposizione tra la figura di mio padre e quella del vecchio scrittore. Inoltre c'è quella scatola che non è frutto della mia fantasia. Ripensandoci bene quella scatola esiste. Ma sì, vi avevo riposto proprio i trecento foglietti. Ma dove sarà andata a finire?

Comunque adesso è tardi, devo ancora rileggere l'articolo, devo finirlo al più presto ed inviarlo alla redazione.

Alla scatola ci penserò domani. Magari lo chiederò a Paolo, forse lui sa dove si trova.

Il telefono squilla.

<<Ciao amore mio, come stai? Stai ancora lavorando?>>

<<Si, ho quasi finito, sto correggendo l’articolo, poi lo invio al capo, speriamo che gli piaccia... a me piace.>>
<<Bene, poi magari me lo fai leggere.>>
<<Certamente… Martina come sta? Sarà contenta di scorazzare in giardino con Billo... con questa bella giornata!>>
<<Si sta divertendo, sì. Poi i nonni le hanno regalato una bambola di pezza e non l’ha mollata un attimo da ieri.>>
<<Bene, salutameli tanto, la prossima volta vengo anch’io a trovarli, prometto… ci vediamo stasera, vi aspetto… ti amo tanto, amore mio…>>
<<Si, tesoro a dopo, ti amo anch’io.>>
Riaggancio e subito penso che avrei potuto chiedergli della scatola fiorata. Ma no, che fretta c’è, quando rientra stasera glielo chiederò. Eppure mi è rimasta una tale smania.

Ora ricordo: avevo riposto quei benedetti foglietti proprio in quella scatola fiorata che successivamente portammo, insieme ad altra roba, a casa dei genitori di Paolo. Ecco.

Adesso ricordo la scatola fiorata è nella soffitta dei miei suoceri.

Chiamo subito Paolo chiedendogli di portarla a casa stasera stessa.

'L'AMAVO PIÙ DI OGNI ALTRA COSA MA LEI NON MI APPARTENEVA, ANZI, APPARTENEVA AL MIO STESSO SANGUE E CIÒ RESE L'AMORE IMPOSSIBILE. INFINITA TRISTEZZA'

'LA STUPIDITÀ DELLA GENTE LOGORA GLI ANIMI E RENDE GLI UOMINI SCHIAVI DELLE CONVENZIONI. L'AMORE È L'UNICA COSA CHE CI RENDE LIBERI'

'L'ODIO ED IL RANCORE SONO LE CAUSE PRINCIPALI DEL MAL D'ANIMA. L'ODIO CONTRASTA LA NATURA DIVINA CHE È DENTRO DI NOI, SNATURANDO LA NOSTRA ESISTENZA'

'NESSUNO DI NOI DUE POTEVA, EPPURE SAREBBE STATA L'UNICA COSA DA FARE. ASSECONDARE L'ISTINTO CHE NON SBAGLIA MAI. LA COSA PIÙ NATURALE, PER NOI E PER TUTTO IL MONDO CHE COSÌ VA'

'PERSEVERARE NEGLI ERRORI È NELLA NATURA UMANA. GUERRE SENZA FINE: L'UMANITÀ PERDURA NELL'AUTODISTRUZIONE. IO CON LA MIA VITA HO FATTO ALTRETTANTO'

'DOPO TANTA ANGOSCIA E MORTE, LUI L'AMORE, AVREBBE PORTATO UN PO' DI SOLLIEVO. PERCHÉ ALLORA NON CI FU PERMESSO? PERCHÉ DOVEMMO SOLO NUTRIRCI DELLA SOLITUDINE?'

'EBBI IL CORAGGIO DI SALVARE UOMINI ED IDEE, MA FUI VILE NELLA NECESSITÀ DI SALVARE ME E LA FELICITÀ MI RIMASE SCONOSCIUTA'

'LA VITA È UN BENE TROPPO PREZIOSO PER SPRECARLO CON ERRORI MADORNALI CHE SCIUPANO IL PRESENTE E CI SOTTRAGGONO IL FUTURO. LA VITA È NEL PRESENTE.'

‘ADESSO TI PERDONO FRATELLO MIO, PERCHÉ ANCHE TU SEI STATO VITTIMA DELLA STUPIDITÀ UMANA, CHE SI NUTRE SEMPRE DELLA VILTÀ. TU MI PERDONERAI MAI?’

‘SOGNANDO LEI, SOGNANDO DI NOI L’AMORE SONO SOPRAVVISSUTO IN UNA DIMENSIONE PARALLELA. LA CAPACITÀ DI SOGNARE È UN DONO E CI AIUTA A VIVERE’

‘LA FELICITÀ È UNO STATO DELL’ANIMA. NON SERVE AFFANNARSI NELLA SUA RICERCA: BASTA GODERNE. MA TUTTO CIÒ RICHIEDE ALMENO IL CORAGGIO DI VIVERE’

‘IL PERDONO, UNA VIRTÙ DIVINA CHE L’UOMO TROPPO SPESSO DIMENTICA, È IL SENSO DELL’ESSENZA DELL’UOMO. PERCHÉ DIO CI HA DOTATO DI UN TALE BENE SE POI NON CI DÀ LA FACOLTÀ DI SAPERLO USARE? PERCHÉ È TANTO DIFFICILE PERDONARE SE STESSI E GLI ALTRI?’

‘IL DESTINO DI OGNUNO DI NOI È GIÀ SEGNATO. LA NOSTRA FORZA STA NEL SAPER CAMBIARE ALCUNE SILLABE DI QUESTO PRESAGIO: BASTANO POCHE E PONDERATE LETTERE AFFINCHÉ UN DANNO DIVENTI DONO’

‘SE SOLO AVESSI COLTO QUELLA SECONDA OCCASIONE ADESSO AVREI MENO RIMPIANTI. NON È MAI TROPPO TARDI PER CERCARE DI RIMEDIARE AI PROPRI ERRORI’

‘NON È NATA E MAI NASCERÀ DONNA CHE TI SOMIGLI, NELLA BELLEZZA E NELLA VIRTÙ, ANIMA MIA. SEMMAI UN GIORNO IO DEBBA RINASCERE PREGO CHE SIA NEL MOMENTO STESSO IN CUI TU SIA DI NUOVO A RESPIRARE LA MEDESIMA ARIA’

‘IN GIOVENTÙ HO SAPUTO CONTROLLARE L’ISTINTO MA, MIO MALGRADO, IN VECCHIAIA NON RIESCO A CONTROLLARE I RIMPIANTI. E COSÌ SOFFRO MAGGIORMENTE CHE IN PASSATO’

‘SAGGIO È COLUI CHE RICONOSCE GLI ERRORI DEL PASSATO E SI ADOPERA PER UN FUTURO DIVERSO. MA LA SAGGEZZA, SI SA, È NEMICA DELLA GIOVENTÙ, E DELLA VILTÀ’

Queste sono le frasi, prime fra tutte, che trovo nella scatola fiorata appena recuperata, in mezzo ad un mare di altri documenti buttati lì senza un ordine preciso. Le rileggo piano e più volte, provando una forte emozione. Un’emozione che sento di aver già provato in passato e così inverosimilmente dimenticato.

Ragnatele invisibili.

Le ragnatele invisibili legano uomini e donne con fili sottilissimi.

Fili che, anche se per un lungo tempo sembrano sparire, continuano a tenere unite esistenze lontane, con un fine segreto.

Un gioco di andata e ritorno, che raggiunge distanze insospettabili e vicinanze di un'estrema ed inconsapevole intimità.

Richiudo il cartone riponendolo in fondo all’armadio.

Il filo si tende ma non si spezza.

Paolo è tornato a casa piuttosto rilassato. Due giorni in campagna con Martina e il cane che adora, dai genitori lo hanno riportato in quella dimensione di leggera spensieratezza perfettamente consona alla sua persona.

A cena, mentre mangiamo le pietanze sfiziose che ho preparato in un raptus di creatività culinaria, ci raccontiamo le nostre giornate.

Siamo tutti particolarmente di buon umore.

Martina, stanchissima, dopo cena si addormenta in braccio a me proprio mentre le racconto una fiaba dal profumo orientale. Dopo averla portata a letto, mi avvicino a Paolo abbandonandomi al suo abbraccio.

<<Mi sei proprio mancato, sai… anche se ho goduto moltissimo della mia solitudine… ho fatto un bagno lungo e rilassante questa notte… e poi stamattina ho dormito fino a mezzogiorno. Non ricordo di dormite così profonde negli ultimi anni.>>

<<Anche tu mi sei mancata… vieni qui tesoro, andiamo a letto… dobbiamo recuperare… Uhm, sento ancora la fragranza del sandalo… adoro questo profumo sulla tua pelle… vieni amore mio.>>

Mentre facciamo l’amore una voce, che sembra provenire dalle profondità mie pulsanti, sussurra: <<E’ molto tempo che desidero un altro figlio da te… mi piacerebbe moltissimo avere un altro bambino… e te?>>

<<Anche a me piacerebbe, non aspettavo altro che tu me lo chiedessi.>>
E' così ci perdiamo in un abbraccio intimo senza precauzioni di sorta. Da lì a qualche tempo, prima o poi, un altro figlio verrà e io non sto già nella pelle.

Felicità (?)

Che cos'è la felicità?

La felicità è un concetto oggettivo o soggettivo?

E' più felice l'inconsapevole, in quanto non conosce e quindi si accontenta, o è la consapevolezza a definire i requisiti, dando a chi la possiede le opzioni di scelta?

E' forse una determinata condizione oggettiva a rendere felice una persona, o è in particolare quella persona che si sente felice semplicemente godendo dell'attimo, senza bramare la condizione ottimale?

Quanta gioia talvolta si scorge negli occhi dei bambini poveri, quelli che vivono in condizioni non agiate i quali, però, quando riescono a confezionare una palla fatta di stracci ed iniziano a scambiarsela, correndo in mezzo alla terra, in quel momento alla vita non chiedono di meglio. Nonostante non abbiano altro, in quell'attimo sono felici.

E per contro quanta insoddisfazione spesso si scorge negli occhi di chi vive nell'agiatezza, la cui incontentabilità spesso proviene proprio dal troppo avere. E allora, basterebbe una palla fatta di stracci ed una strada polverosa sulla quale giocare, per abbandonarsi ad un istante di felicità istintiva, di contentezza originaria, infantile, spensierata.

Che cos'è la felicità?

È forse solo un'illusione?

Io adesso mi sento abbastanza felice.

Ho una bella famiglia. Il mio uomo mi riempie la vita. La mia professione mi soddisfa. Ora sono adulta, non ho più bisogno di qualcuno che mi protegga.

Adesso sono serena, anche se mia madre è di nuovo lontana, e non solo fisicamente. In fondo lo è sempre stata. Ma adesso sono grande e non ho più bisogno di lei. Ora mi basta la mia nuova famiglia, Paolo adesso costantemente si prende cura di me. E poi c'è Martina ed io mi sento, finalmente, una buona madre. La mia è un'attenzione totale. Non penso neanche più a quella strana fuga onirica con Marco… ho riacquistato il mio equilibrio.

E sì, mi sento felice, eppure qualcosa ancora mi sfugge, quest'inquietudine strana che talvolta mi prende, quando sento il cuore stringersi in una morsa.

Un'ansia la cui origine non riesco proprio a spiegarmela.

Eppure non mi manca nulla, sarei veramente un'ingrata a non sentirmi felice.

E Paolo?

Lui adesso è felice?

Lui non ha mai faticato molto a sentirsi tale. E' il suo modo di essere che lo fa godere, in maniera istintiva, di quello che è e possiede in ogni momento della sua vita. Ha un bel carattere lui, solare, sì credo proprio che sia felice.

Forse.

Chissà?

Ma cos'è la felicità?

Cos'è?

Stendhal sosteneva che il bello è la promessa della felicità...

La bellezza, sicché, che sia esteriore od interiore, è requisito essenziale di felicità.

Ma no... forse solo attimi.

In quanto fuggevoli di per sé belli.

Forse solo attimi.

Attimi da cogliere al volo, affinché non lascino rimpianti.

Attimi.
Vorrei sfogliarti ancora vita mia,
pagine profumate di carta sconosciuta,
e infinite dita che le hanno carezzate,
ancora, la brama giunge al sol pensiero.

Felicità è l'idea del piacere trovato e perduto,
incalzato dal desiderio e dai miraggi che giungono,

accarezzano l'anima con mani ferme,
e dita che lasciano i segni di un'assenza vitale.

E ancora, il respiro,
forma su forma, intorno a me, dentro di me,
e l'anima mia ride, e piange, il corpo si inquieta,
mani che vagano e cercano, trovano e perdono.

Arriva all'improvviso come un orgasmo inatteso,
eccola, amore, sapore, odore, e tremore:
felicità, è l'attimo già passato,
è subito già nostalgia.

Poi piano si scioglie,
fiume che sfocia nella verde pianura di pace,
ancora il cuore batte e la mente ricorda,
la gioia, il piacere, la cura, l'amore,
e riparte in cerca del dolce intendimento delle anime affini,
eterna ricerca dell'eden perduto.

SECONDA PARTE

Tradimento

E' la mattina di un venerdì di metà marzo. Devo recarmi in redazione per una riunione di lavoro. Dopo aver accompagnato Martina a scuola mi dirigo verso l'auto parcheggiata non molto lontano.

Entro in macchina ed accendo lo stereo. Alla radio stanno passando il rifacimento di una canzone che conosco bene.

Quanti rifacimenti per una canzone così vecchia. Quante voci diverse l'hanno cantata e quante generazioni ha fatto ballare. Ridere e piangere.

Mentre la canticchio sorrido, un'euforica malinconia mi sfiora *"besame... besame mucho..."*

Intanto fuori piove.

Strano, fino a qualche minuto fa c'era il sole!

Sotto la pioggia esuberante di un marzo già caldo, mentre guido e canto, abbasso gli occhi e scorgo nella rientranza sotto al cruscotto la presenza di un telefonino. Dopo qualche minuto di lenta guida urbana mi fermo dietro una lunga coda di macchine pensando che, per oltrepassare il semaforo che l'ha causata, occorrerà almeno un quarto d'ora.

Abbasso la radio guardando di nuovo quel telefono senza toccarlo.

Cosa ci fa un telefono che non mi sembra di riconoscere nella mia macchina?

Lo prendo.

È acceso e proprio mentre lo tengo in mano, arriva il *bip* di un messaggio.

Di chi è questo telefonino?

Inizio a manovrare i tasti per cercare qualche indizio che possa farmi venire in mente qualche particolare familiare.

Apro così il messaggio appena arrivato, lo leggo:
'Le cose improvvisate sono sempre le migliori, è stato molto eccitante ieri sera amarsi in macchina come due adolescenti. Paolo.'

Sono confusa e chiudo d'impulso quel messaggio provando un certo imbarazzo, come se avessi appena compiuto la violazione della privacy nei confronti di chissà quale persona sconosciuta. Poi, riflettendo sul contenuto del messaggio e sul nome di chi lo firma, mi colpisce un atroce sospetto.

Un pugno in pieno stomaco. Il sangue si gela nelle vene facendomi avvertire una serie interminabile di formicolii lungo gli arti.

Di chi è quel telefono?

Perché si trova nella nostra macchina?

Chi c'è l'ha lasciato?

Quando?

Chi è quel Paolo che firma il messaggio?

Inizio così a pensare, come in una dissimulatrice via di scampo, a quando ho usato io la macchina l'ultima volta, ricordando d'averla presa lunedì per andare ad accompagnare la mia amica Floriana ad una visita.

Ma non può essere il suo, me lo avrebbe sicuramente già richiesto.

La delusione è forte, e all'improvviso mi trovo ad ammettere a me stessa che proprio Paolo ieri aveva usato la macchina. E sì, aveva una cena di lavoro e considerato il tempo incerto preferiva usare l'auto al posto dello scooter.

Così aveva detto prima di uscire.

Una cena di lavoro.

L'avevo sentito rientrare nel dormiveglia e poi stamattina ci siamo incrociati prima di uscire.

<<Com'è andata la cena ieri sera?>>

<<Bene, abbiamo cenato in un ottimo ristorante al centro, poi siamo andati a bere una birra in un locale lì vicino... adesso scappo che ho già fatto tardi, ciao tesoro, ci vediamo stasera.>>

È così che mi aveva liquidato, baciandomi sulle labbra.

Non riesco a credere a quello che vedo.

Ho in mano il telefono di una donna che, solo qualche ora prima, è stata in questa macchina con Paolo e proprio da lui ha appena ricevuto un messaggio che la gratifica di un incontro sessuale, consumato proprio qui dove sono seduta adesso.

Sento le gambe diventare molli, ed un calore forte mi avvampa le guance.

Non riesco a capacitarmi.

No, non può essere.

Forse è tutto un errore. Forse qualche collega di Paolo ha dimenticato questo telefono in macchina e quel messaggio non riguarda Paolo mio, ma chissà quale altro Paolo.

In fondo è un nome così comune!

E poi quelle parole sono di una tale banalità, non può essere lui.

Allora riapro il messaggio per controllare il numero dal quale proviene.

Panico.

Il cuore mi esplode.

È il numero di Paolo.

Il mio Paolo.

Scatta il verde e subito l'automobilista dietro di me strombazza il clacson, mentre gli faccio un gestaccio sorpasso il semaforo. Mi gira la testa e forse non è il caso di continuare a guidare. Mi accosto al marciapiede e spengo l'auto raccogliendo la testa tra le mani.

Non so cosa pensare, sono così confusa. Mi sembra quasi di essere in un sogno, un incubo più che altro. Ma non è così. Sono nella mia auto, fuori piove ed il fiume di macchine che mi passa accanto, in un frastuono ibrido di motori e acqua piovana, non può che essere la realtà.

Non è un incubo!

O forse è proprio un incubo!

Accendo una sigaretta e provo immediatamente una forte nausea, tanto forte da costringermi ad aprire lo sportello ed uscire sotto la pioggia.

Mi accosto ad un albero e immediatamente un conato di acri sostanze gastriche mi costringe a piegarmi in due ed a tirare fuori tutta la meschinità del mondo che in un solo quarto d'ora mi ha investito come un torrente in piena.

Mi sento distrutta, per quel tradimento di cui sono venuta a conoscenza in un modo così brusco, ma ancor più mi brucia dentro il fatto che sia avvenuto in un momento del genere, in cui nulla sembrava minacciare la nostra felicità...

Cosa ci è successo? Forse a Paolo non basta questa tranquilla serenità! Perchè mi ha tradito proprio adesso?

Certo il mondo è vario e la natura umana lo è anche di più... e poi anch'io in passato mi ero trovata molto vicina ad un tradimento. Ma quando questo era successo il nostro rapporto si trovava in un periodo di monotonia, di stanchezza, e chissà magari anche Paolo, probabilmente, nello stesso periodo stava vivendo situazioni simili. Non me lo ero mai posto questo dubbio.

Ma adesso no.

Questo non doveva accadere.

Siamo felici, siamo tornati in piena armonia, e stiamo pensando ad un altro figlio... e lui, proprio adesso, mi tradisce.

Ma perchè?

Mai prima di adesso mi ero sentita così appagata, ed è così anche per lui, ne sono convinta.

Lo conosco bene l'uomo che mi vive accanto...

O forse credevo di conoscerlo bene, perché in fondo una cosa del genere non me l'aspettavo proprio.

Allora mi sbaglio. Forse Paolo non si sente poi così appagato.

Forse a lui qualcosa manca, e io non lo so.

Dopotutto qualcosa manca anche a me, nonostante faccia di tutto per non pensarci.

Ma lui mi ha tradita, proprio adesso che abbiamo ricominciato a desiderare un altro figlio.

Adesso proprio no.

Questo non doveva accadere!

Eppure è accaduto.

Piove a dirotto.

Mi siedo sul marciapiede e mentre le lacrime si confondono con l'acqua piovana, un passante mi si ferma accanto domandando:
<<Signora, ha bisogno d'aiuto? Si sente male?>>
<<Scusi? Cosa… Cosa ha detto?>>
<<Chiedevo se ha bisogno di aiuto, venga si alzi… è tutta bagnata.>>
Alzandomi, mi rendo conto soltanto adesso di essere fuori dalla macchina completamente zuppa ed in preda ad una sorta di delirio mentale.
<<Grazie, grazie mille… sto bene, adesso è tutto a posto… almeno credo.>>
Raccolgo i capelli tra le mani per strizzarli. Cerco di strizzare anche lo spolverino che indosso ed infine rientro in macchina. Guardo di nuovo quel telefono che, dopo qualche istante, comincia a squillare. Mi accorgo che è Paolo che sta chiamando l'amante senza minimamente sospettare che a rispondere, tra un momento, sarò io.
<<Sì… pronto.>>
<<Pronto, ciao sono Paolo, come stai?>>
<<Non molto bene, sono zuppa d'acqua fino all'anima ed ho appena vomitato un litro di bile all'idea che mi hai schifosamente tradito, scopandoti una stronza nella nostra macchina, una stronza fottuta che dall'eccitazione ha dimenticato il suo cellulare schifoso e di cui tu non ti sei neanche preoccupato di notarne la presenza.>>
E così inveendo chiudo la conversazione lanciando finalmente quel maledetto aggeggio fuori dal finestrino.

Tremo, non so se per la rabbia o per il freddo, riaccendendo il motore faccio velocemente inversione per tornarmene a casa.

Arrivo vicino casa e guardando in fondo alla strada scorgo la scuola di Martina, mi prende un indomabile impulso di andarla a prendere, per stringerla a me.

Ho bisogno di lei.

Un abbraccio, il calore, le sue piccole mani che mi accarezzano, i suoi teneri baci sarebbero la cura migliore.

Se solo potessi chiederle aiuto e farmi consolare da lei, mi sentirei sicuramente meglio.

Il potere magico dei baci, i baci della mia bambina mi tirerebbero immediatamente fuori da questa prostrazione. Per un attimo provo un barlume di comprensione nei confronti di mia madre per ciò che aveva passato in gioventù. Io all'epoca, ancora bambina, stavo interi pomeriggi a cercare di confortarla con l'intento di aiutarla a venir fuori da quelle terribili crisi di malinconia.

Credevo fortemente che io non contassi più nulla, che per una sorta di incantesimo malefico, io non fossi più la sua amata figlia, ma solo l'unica magra consolazione che restava ad una donna distrutta dalla perdita del suo compagno.

Avevo impiegato moltissimo tempo in seguito a recuperare un minimo di autostima.

È per questo che non posso cadere nello stesso errore, la mia Martina non pagherà le nostre debolezze. Questo di sicuro non accadrà...

Continua a piovere a dirotto. Il cielo è nerissimo.
Sono le dieci di mattina ma sembra sera.
E' così buio.
Buio anche dentro di me.
Notte fonda senza luna.
Notte di verità.

La mia necessità di verità
in questo momento
è talmente insistente
scavante
ingombrante
che scendo in strada
sotto la pioggia
camminando scalza
forse nuda
o coperta di carta stampata
fino al mare
poi in spiaggia
ad ascoltare
assorbire

quel rumore
di onde e fango
che schianta
alla terra la voglia di osare
oltre quel moto di andare e venire
montato dal vento
che ama mischiare
quell'acqua con
sabbia e luce lunare.
Soffiare.
Soffrire.
Godere.
Morire.
Ti giro intorno ti soffio sul viso.
La luna scompare.
Il mare incalza.
Ti giro intorno ti soffio nella bocca.
Parole.
Parole.
Ti giro intorno sorrido.
Non dico parole ma sogni.
L'alta marea mi copre.
Non sento il fango.
Ma il sale.
Che è vero, che è mare.

Ti avvolgo.
Ti invito.
Dimmi, uomo, qualcosa che sia verità.
Che sia verità
come il sale nel mare.

Rientro a casa e mi tolgo gli abiti fradici seminandoli fino in bagno.

Continuo a tremare.

Entro nel bagno, chiudendo la porta a chiave con tutte le mandate.

Ho un bisogno disperato di farmi una doccia e non solo per riacquistare il calore corporeo, ma anche per cercare di togliermi di dosso questa odiosa sensazione.

L'acqua è caldissima ed il vapore ha già offuscato lo specchio e coperto le mattonelle parlanti di un umido velo. Rimango un tempo interminabile sotto la doccia che, scaldandomi, mi riporta lentamente alla realtà.

L'ambiente è saturo di vapore e nonostante le frasi del vecchio scrittore sembrino sbiadire, l'eco di quelle confessioni diventa quasi assordante.

Tutte quelle parole sembrano gridare un ritornello funesto.

Insomma la conferma che quella sofferenza prima o poi sarebbe toccata anche a me, come meritevole ereditiera di tanti pensieri assurdi.

Mi assale una rabbia incontrollata nei confronti di quel presagio indesiderato, afferro le bottiglie di profumo di Paolo, poggiate sulla mensola, e le lancio contro le mattonelle.

Il rumore del vetro che si infrange tuona nel bagno. Il profumo fuoriuscito si spalma sulle mattonelle e colando libera dal velo del vapore alcune parole, poche parole sparse qua e là.

Mi guardo attorno e mi accorgo, ora come non mai, che in un numero altissimo di quei versi le parole che ricorrono più frequentemente sono: amore e felicità. Oppure i loro diretti contrari.

Amore. Felicità.

Odio. Infelicità.

<<Maledette parole, maledetto scrittore pazzo. Era questo che volevi passarmi? La tua infelicità? Allora ci sei riuscito… maledetto.>> Mi scopro ad urlare contro quelle mattonelle parlanti.

Un rumore mi desta da quello sfogo solitario: è la porta di casa che si chiude.

Paolo è rientrato.

Esco dalla doccia. Mi è scoppiato un tremendo mal di testa e la nausea ormai non mi abbandona più.

<<Amore… sono tornato. Dobbiamo parlare, io non so come spiegarti, sono pronto ad assumermi le mie responsabilità.>>

(Responsabilità? Parla di responsabilità, non pensa a come mi sento, figlio di puttana... ha ancora il coraggio di chiamarmi amore.)

<<Francisca ti prego, dimmi qualcosa, rispondimi, ma perché ti sei chiusa a chiave? Ti senti bene? Ti prego aprimi.>>

(Vigliacco! Hai paura che mi senta male, la tua coscienza non te lo perdonerebbe... hai paura che tenti il suicidio?)

<<Francisca perché non rispondi? …Francisca! Per favore apri la porta, mi stai facendo impazzire; ma insomma che succede? Perché non apri?>>

(Adesso apro e sarai costretto a guardarmi in faccia, vigliacco!)

Giro la chiave ed apro la porta.

Paolo mi guarda con un’espressione che non gli ho mai visto prima.

Devo essere trasformata, il trucco calato, per le lacrime e l’acqua, gli occhi gonfi... devo sembrargli sconvolta.

Sono sconvolta!

Paolo osserva il bagno, a terra c’è acqua mischiata con i fluidi dei profumi e schegge di vetro.

Sono scalza ed un vetro mi ha procurato un taglietto sotto il piede.

Un filino di sangue ha tracciato una piccola linea rossa a terra, sottolineando casualmente la parola ‘guerra’.

Paolo si ferma sussurrando quella parola, come fosse consapevole di stare per entrare nella parte attiva di una stupida guerra a due.

Una guerra scoppiata a causa sua.

Cerca di dire qualcosa ma sono solo parole.

È palese che mi ha tradita e che quel bastardo tradimento me lo ha servito su di un piatto d'argento, inviando lui stesso la confessione con uno stupido messaggio indirizzato a quella donna.

La sua dichiarazione di guerra.

<<Io non ti ho mai tradito, e nemmeno ho mai pensato di farlo, non so come sia successo con lei. Ho agito con leggerezza, sicuramente... è la prima volta che mi capita di provare un'attrazione per un'altra. Ma, credimi, non avevo nessuna intenzione di tradirti... ho giocato un po' e lei non ha esitato a farsi avanti. Mi sono trovato in una situazione accattivante e non ho avuto la forza di tirarmi indietro. Non ho pensato oltre.>>

<<Chi è?>>

<<L'ho conosciuta la scorsa settimana, una collega venuta da Milano per un corso d'aggiornamento e ieri era a cena con noi… e io la stavo riaccompagnando a casa dei parenti che la ospitano qui… ti giuro… non ci ho capito niente…>>

<<Ah... figurati io… e dimmi un po', ti sei innamorato o cosa?>>

<<Macchè innamorato…ti pare che vado ad innamorarmi di una ragazzina che nemmeno conosco.>>

<<Ah bene è una ragazzina! Speriamo che non sia minorenne altrimenti vai sul penale.>>

<<Ma no, ragazzina per modo di dire, è sicuramente più giovane di me… è una che si diverte… io me la sono trovata addosso e neanche me ne sono accorto.>>

<<Eh no, te ne sei accorto eccome, le hai scritto che è stato molto eccitante, ti sei sentito come un adolescente… complimenti … hai bisogno di scoparti le ragazzine per sentirti più giovane… non hai neanche quarant'anni e sei già ridotto così male?>>

<<Oddio Francisca, ma ti rendi conto che stai parlando te per me… io non sto dicendo questo… io …io… mi rendo conto di quello che ho fatto, non posso negarlo… è che è successo… non nego che la cosa mi sia piaciuta… come potrei... è solo che quella

cosa è fine a se stessa e non conta assolutamente nulla, è stata una leggerezza, tu sei tu… ed io amo soltanto te… da morire…>>
<<Ma guarda un po’, mi ami talmente tanto da tradirmi come se niente fosse con una ragazza che hai appena conosciuto… nella nostra macchina… e non fai nulla per accertarti che io non me ne accorga, oltretutto… io ti trovo… ti trovo abominevole… mi fai schifo… ma ho già vomitato tutto quello che avevo in corpo!>>
<<Per favore, Francisca, non fare così, quello che sto cercando di spiegarti è che è stata una cosa da niente, mi è capitata e… forse… forse è proprio perché all’alba dei miei quarant’anni ho voluto fare qualcosa che mi riportasse ad una condizione di estrema leggerezza. Anche quello stupido messaggio che volevo inviarle era… una ragazzata… non posso essere sempre l’uomo forte e sicuro, tutto d’un pezzo che non sbaglia mai. Sono stanco di questo ruolo che, dopo tutto, mi hai costruito tu… si può pure sbagliare una volta… ho anch’io le mie debolezze, cosa credi che sia fatto d’acciaio?!>>
<<Ma che bisogno avevi di tradirmi, proprio adesso che stavamo così bene insieme, non hai pensato che avresti potuto rovinare tutto? Ed al fatto che stiamo desiderando un altro figlio? Non hai pensato a Martina? Eh no, non hai pensato a nulla… E chi me lo dice che non fai così sempre, ogni volta che ti capita qualcuna? Ti sei giocato tutta la fiducia che avevo in te…>>
<<Hai ragione, sono stato uno stupido, ho agito senza pensare alle conseguenze. Non ho pensato a voi. Posso solo dirti che io ti amo più d’ogni altra cosa, perdonami… amore mio, lo sai che non posso vivere senza te.>>
<<No Paolo, mi dispiace. Hai rovinato tutto, io sono molto confusa e mi sento anche male fisicamente… sarà la rabbia… o l’umiliazione… il fatto è che non ho voglia di parlarti, tanto le parole sono inutili… vorrei solo che tu te ne andassi via. Vorrei non vederti più… mi hai spezzato il cuore, vattene via… così possiamo riflettere entrambi sulla nostra situazione… sì, vattene per favore… non voglio più vederti almeno per un po’ …poi chissà.>>

La voce esce dalle profondità cavernose del mio corpo, rotta dalla rabbia, piena di rancore, ed io stessa l'ascolto come se non fosse la mia.

Sono pienamente consapevole che qualcosa si è spezzato, e che sarà molto difficile recuperare la situazione. Poi mi sento stanchissima, spossata e non voglio neanche pensare ad una possibile soluzione.

Voglio semplicemente restare sola.

Paolo mi guarda e capisce che sta realmente rischiando di perdermi.

O forse mi ha già persa.

Poi si abbandona ad un pianto silenzioso, mentre voltandosi si dirige nella stanza da letto.

Tira fuori il borsone dall'armadio buttandoci dentro alcuni cambi. Poi si dirige nel bagno ed agguanta le poche cose che gli necessitano per l'igiene personale e prima di uscirne si sofferma ad osservare alcune di quelle frasi.

Anche lui nota, adesso, quante volte è ripetuta la parola felicità.

Una specie di ossessione.

Fuori continua a piovere incessantemente, ed il grigiore di questa giornata di fine inverno è in perfetta sintonia con la tristezza che pervade la casa. Paolo cerca di prendermi la mano per un ultimo contatto, ma io lo evito e girandomi di spalle gli consiglio di pensare a qualcosa di credibile da raccontare a Martina, per tamponare la sua assenza.

Poi si vedrà.

Paolo esce da casa e chiudendosi la porta alle spalle ho come la sensazione che un intero capitolo della nostra vita sia giunto alla fine.

Di fatto mi sento profondamente mortificata dal comportamento di Paolo, ma in fondo all'animo, non lo condanno così radicalmente come gli ho invece dimostrato poc'anzi. Anzi, avverto come una sorta di comprensione innaturale. Quel gesto mi ha offesa e ferita certo ma, nello stesso tempo, sono consapevole che quello è stato un tradimento a metà, consumato magari solo per cercare di appagare quello strano senso di inquietudine che evidentemente governa anche lui come me. Non mi sento minacciata da quella donna, per la quale sono sicura che lui non ha provato altro che una semplice attrazione fisica, ma nello stesso tempo non riesco a capire cosa mi faccia più male.

Non so se fosse stato peggio apprendere un'infedeltà di cuore e quindi motivata da ragioni sentimentali, oppure come in questo caso un semplice tradimento sessuale che, in quanto tale, non ha neanche la scusante dell'amore.

Non riesco neanche a piangere, il dolore mi ha pietrificato le emozioni. Avverto dentro un'assurda freddezza.

Sono quasi le quattro, devo andare a prendere Martina a scuola. Mi affretto a sistemare il bagno, raccogliendo i vetri ed asciugando a terra.

Oddio, stare in questo bagno è praticamente impossibile. Non tanto per l'odore pungente dei profumi ormai mischiati tra loro, quanto per quelle parole assurde che oggi, per la prima volta, sento pesare enormemente sulla mia coscienza.

Oggi, per la prima volta dopo tanti anni in cui vivo in questa casa, ho provato un sentimento di odio nei confronti del vecchio scrittore.

Mi guardo allo specchio, il mio viso è trasformato da un'espressione di dolore.

Dentro di me si è di nuovo aperto un varco di rancore, risentimenti che pensavo di aver seppellito.

Ragnatele invisibili che ogni tanto tirano i loro fili sottili, e ci guidano nelle azioni, burattini i cui fili sono mossi dalle mani esperte del destino che come un esperto regista stabilisce i ruoli dei suoi personaggi, creando trame imprevedibili.

Apro la finestra. Fuori piove ancora.

Martina, povera Martina, cosa le dirò? Perché stasera il suo papà non sarà a casa con noi? E domani, dopodomani… povera Martina, cosa c'entra lei con le nostre stupide azioni...

Le dirò che suo padre è dovuto partire di corsa per impegni di lavoro e che starà via qualche giorno, poi si vedrà.

E intanto fuori piove.

E' sabato e fuori piove.

E' domenica mattina e finalmente il sole ci sveglia. Martina è serena, sa che il padre è fuori per lavoro e tornerà presto. Ci ha parlato per telefono e lui le ha promesso un aquilone a forma di farfalla da costruire. Non appena torna lo faranno insieme.

Stranamente mi sento serena anch'io. Nonostante la notte in bianco, in cui la mente elabora un'infinità di riflessioni, riesco di giorno ad ostentare un'assoluta tranquillità. Semplicemente perché non farei nulla che possa, in qualche modo, turbare Martina.

La mia triste esperienza infantile almeno a questo è servita.

Ci prepariamo in fretta con tute e giacche a vento e prendendo l'aquilone più grande, quello a forma di drago, ci mettiamo in macchina verso il mare. La giornata è splendida e c'è un gran vento, l'ideale per far volare il fantastico drago fiammante.

Sulla spiaggia ci sono già tante persone che passeggiano e giocano. Stendo il plaid colorato e comincio ad armeggiare con il filo di nylon.

Martina è impaziente e con tutto quel vento dovrà fare molta attenzione affinché il filo non si spezzi.

E' un'incantevole giornata indizio di una primavera imminente, sebbene la sabbia sia ancora bagnata, il vento è caldo ed il sole mi scalda l'anima. Giochiamo e per qualche ora, ho la mente leggera e mi diverto senza pensare a nulla, seguendo il volo di quel bell'aquilone ed ascoltando le risa allegre della mia bambina.

<<Quando torni papà?>>
<<Presto, piccola, stai tranquilla… adesso passami la mamma per favore.>>
<<E’ ora che io torni a casa, se non altro per Martina… Sei ancora molto arrabbiata? Ti ho chiesto perdono, non puoi buttare tutto all’aria così, non è possibile, e poi la bambina… perché dobbiamo farla soffrire, lei non c’entra niente con le nostre situazioni…>>
<<Sì… ehm certo, adesso però non posso parlare, tu lo sai Martina è qui che ti aspetta, e ti aspetto anch’io, per quanto riguarda quella cosa, rimane tutto da definire… ah riesci a tornare stasera!?>>
<<Bene, ci vediamo dopo, ma sappi che io non ho nessuna intenzione di rinunciare a voi in questo modo, io ti amo e amo Martina e… sono convinto che anche tu mi ami, non puoi buttare via tutto quello che abbiamo faticosamente costruito per una stupida svista.>>
<<Beh, io non la chiamerei così… è un po’ comodo da parte tua, io sono profondamente… delusa… e la fiducia… …ne parliamo stasera. A dopo.>>
Tra qualche ora lo rivedrò.

Sono passati cinque giorni, nei quali non ho fatto altro che pensare a cosa fare della nostra vita, senza arrivare ad una conclusione.

L’idea di rivederlo mi emoziona. Sì mi è mancato, e questa mancanza non ha fatto altro che alimentare la mia rabbia.

Martina è corsa nella sua stanza dicendo:
<<Voglio fare un disegno per papà, la nostra gita al mare, il sole, l’aquilone, il cielo e le onde… così glielo dico io che era proprio una bella giornata e che era meglio che veniva con noi invece di

andare a lavorare… vedrai, mamma, che la prossima volta viene anche lui… vero?>>

A quelle parole non resisto ed il pianto, che per cinque giorni non mi era uscito perché pietrificato nell'incredulità di quanto stavo vivendo, ora mi sgorga da dentro.

Per non farmi vedere da Martina vado in bagno ed apro la doccia. Così probabilmente riuscirò a calmarmi. Piango mischiando le lacrime con l'acqua calda, poi esco e mentre mi asciugo i capelli scorgo, nel mobiletto del bagno, la confezione di un test di gravidanza che avevo comprato qualche settimana fa. Mi accorgo così di non aver avuto il ciclo.

In accappatoio raggiungo Martina in cameretta trovandola tutta intenta a colorare il disegno, con i modi frettolosi dei bambini per i quali il passare del tempo rappresenta un'incognita indecifrabile. Facendole una carezza, rivolgo apprezzamenti a quella significativa creazione infantile, che mi provoca un'emozione indicibile.

Poi torno in bagno e faccio il test di gravidanza.

E' positivo.

Aspetto un bambino.

Non mi sorprende più di tanto, effettivamente è già qualche mese che abbiamo smesso di usare contraccettivi.

Ora mi spiego tutta questa nausea, non è solo una questione di sconvolgimento psicologico, c'è qualcosa di più.

Getto il test nella spazzatura, nascondendolo per bene, non lo dirò a Paolo, almeno fino a quando non avrò deciso che fare della mia vita.

Due figli senza un padre in casa sono decisamente troppi.

Paolo rientra e va subito nella cameretta di Martina che gli salta in braccio, mostrandogli il disegno appena fatto mentre gli racconta un'infinità di cose.

Il cuore comincia a martellare, lo sento battere forte fin su nelle tempie.

Mi affaccio nella cameretta e appena lo vedo sento le guance infiammarsi.

È impacciato e si comporta in modo strano, come se fosse ospite nella nostra casa. Il borsone giace accanto alla porta d'entrata, notandolo ho provato una strana tenerezza. Paolo, ancora con la giacca addosso, si avvicina e mi abbraccia. Davanti a Martina non faccio nulla per evitare quel contatto subendolo con una naturale freddezza.

In tutto questo sento di amarlo ancora ma quando gli sto vicino, immediatamente, avverto una sorta di repulsione. Una repulsione naturale che mi viene da dentro, come se quel maledetto venerdì l'acqua piovana mi avesse gelato non solo il corpo, ma anche e soprattutto le emozioni, indurendomi in una specie d'inconscia grettezza.

Mi sento come snaturata ma in questa sensazione d'aridità sentimentale, che non mi appartiene, so almeno di poter controllare la sofferenza e tenerla a bada. Lui, dal canto suo, notando la mia freddezza accetta tutto con una rassegnazione nuova, una rassegnazione sorda che lo porterebbe ad accogliere qualsiasi cosa da me, pur di starmi ancora accanto.

Ceniamo in silenzio, parla solo Martina mentre noi cerchiamo di risponderle allegramente. Poi Paolo la porta a dormire.

In attesa che esca dalla cameretta, cerco di fare ordine nei miei pensieri.

Ma quello che mi governa adesso è solo tristezza.

La tristezza infinita dell'incertezza.

TERZA PARTE

Solitudini

Vado in terrazza a fumare, nonostante la nausea. Paolo mi segue.

Fa ancora freddo e nel cielo grosse nuvole dall'aspetto minaccioso celano appena una luna tonda che rischiara a fatica la notte nera.

Accendo la mia sigaretta e lui, avvicinandosi, cerca di abbracciarmi, ma io lo evito.

<<Ho bisogno di te, piccola mia, non fare così ti prego... sei così cambiata che mi spaventi.>>

<<Sono cambiata eccome, tu non immagini quanto, purtroppo. Proprio non ci riesco a far finta di niente... non pensavo sai che un tradimento potesse ferirmi tanto... ma il problema reale è Martina.>>

<<No, il problema reale è la nostra famiglia. Dammi tempo, diamoci tempo vedrai che prima o poi passa e tutto tornerà come prima, basta che ci crediamo. La nostra storia è troppo importante perché finisca in questo modo, non trovi?>>

<<Sì hai veramente ragione, peccato che tu non ci abbia pensato prima. Non ho voglia di ricominciare a litigare, tanto ormai le cose stanno così, l'unica cosa da fare è continuare a vivere insieme facendo finta che tutto va bene, davanti a Martina, finché non cresce un po'. Poi si vedrà. Ovviamente io non ho nessuna intenzione di avere con te alcun tipo di rapporto... ritieniti libero... così finalmente ti puoi fare tutte le scopate che vuoi.>>

In quel momento un lampo illumina a giorno la notte e cadendo non molto lontano emette un fragoroso tuono.

Le nuvole si sono compattate nascondendo del tutto la luna.

La notte è più nera.

Inizia a piovere.

Prima di rientrare in casa un secondo lampo illumina il profilo di Paolo: è un profilo serio, preoccupato, triste come non ho mai visto.

Pagherei non so quanto per essere in grado di pronunciare due parole, due semplici parole che comprendono il segreto del mondo intero: <<Ti perdono.>>
E vederlo sorridere, ma proprio non ci riesco.

No, proprio non ci riesco.

Rientriamo in casa velocemente.

Mentre fuori è iniziato un violento temporale, lampi, tuoni e grossi scrosci d'acqua ci accompagnano a letto.

Cerchiamo entrambi di dormire, l'una accanto all'altro, con un distacco sconosciuto e con l'incombere di spaventosi pensieri di solitudine.

Nella notte mi sveglio di soprassalto.

Fuori piove ancora e piuttosto violentemente.

Sono sudata, stavo facendo un brutto sogno anche se non ne ricordo i connotati. Paolo mi dorme accanto e lo sento respirare forte.

Mi volto porgendogli le spalle. Non riesco a riprender sonno, sono agitata, ed avverto una strana sensazione.

Dentro profondamente, nel ventre, nella parte sinistra in basso, avverto una piccola fitta continua. Forse è il mio bambino che ancora non è, ma che già esiste. Lui è lì, anche se sto cercando di ignorarlo, ed aggrappato come una minuscola pinza nell'interno dell'utero si tiene forte, ben piantato, come se temesse, come se avvertisse tutto il rischio di dover essere strappato via.

Cerco di ignorarlo, invece lui è lì e piccolo com'è, si fa già sentire.

Eppure l'avevamo desiderato, l'avevamo chiamato, e adesso che è arrivato, pronto per il lungo viaggio di crescita nel suo accogliente involucro, io, il suo involucro non lo voglio accettare.

Eccola la fitta. La sento ancora.

Mi stendo supina sfiorando con la mano la pancia piatta. In questa posizione l'addome rientra ancora di più e le ossa del bacino sporgono all'infuori. All'improvviso avverto uno strano movimento interno e con le dita poggiate sulla parte sinistra del ventre, sento come la punta di una matita sporgere appena e poi sparire.

E' impossibile.

L'embrione sarà grande più o meno un centimetro e poi nello stadio iniziale in cui mi trovo non è praticamente possibile avvertire movimenti di sorta.

Se lo dicessi ad un qualsiasi medico mi prenderebbe per pazza.

Eppure l'ho sentito, il mio bambino è lì e si fa sentire. Eccome.

Ma come ho potuto solo pensare di non tenerlo… io questo bambino lo desideravo tanto, sono stata io a chiamarlo e adesso che è venuto… no, è tutta colpa di questo stupido che mi russa accanto… beato lui che se la russa tranquillo. Che cretina sono stata, no piccolo mio, stai tranquillo nessuno ti porta via da lì.

Passano i giorni.

Una notte mi sveglio in preda ad una rabbia assurda e scuoto Paolo.

<<Ma come fai a dormire sempre così! Io non ci credo che sei disperato come dici di essere, che hai paura di perdermi, dal momento che non ti ho visto fare una notte in bianco. Io, invece, ormai non dormo più...>>

<<Ma… veramente… sì stavo dormendo, lo sai che se non dormo la notte poi di giorno non riesco a lavorare… io sono disperato e lo sai benissimo, anche se non passo le notti in bianco come fai tu. Io i miei tarli li patisco di giorno, alla luce del sole…>>

<<Ah, allora sai cosa ti dico, subisciti pure quest'altro tarlo: sono incinta!>>

<<Cosa?>>

<<Sono incinta… e fidati, non stai sognando.>>

<<Oddio… amore mio…>>

<<No! Niente tenerezze. Non te le puoi permettere, non me le sono concesse neanche da sola, talmente sono amareggiata.>>

<<Perdonami piccola, sono stato proprio uno stupido.>>

<<Hai rovinato tutto… ma ormai... io all'inizio pensavo di non tenerlo questo bambino, poi ho cambiato idea, ovviamente questa

scelta non ha niente a che fare con te. Tu sei il padre, ma questo non ti dà nessun diritto su di me.>>

<<Io non lo sapevo e neanche ci avevo pensato a questa possibilità, anche se avrei dovuto, visto che ci stavamo provando già da un po'... Questa notizia mi lascia senza parole… è la cosa che mi aspettavo di meno in questo momento, ma l'emozione che sto provando…>>

<<L'emozione che stai provando è già persa, sepolta dalla freddezza che ci tiene uniti. Sappi che io non mi sono concessa neanche l'ombra dell'emozione che invece avrei dovuto provare… anzi i miei primi pensieri sono stati quelli di non poter mettere al mondo un'altra creatura… ma poi è successo qualcosa dentro di me, qualcosa che non ho voglia neanche di raccontarti, perché riguarda soltanto me. Allora ho deciso di andare fino in fondo, di far nascere questo bambino, in ogni caso. Ciò non prevede il fatto che noi possiamo tornare insieme. Non so se questo succederà mai, ma al momento non m'interessa. Al momento desidero solo che questo bambino nasca. E basta. Tu sei il padre e farai quello che vuoi. Con o senza di me.>>

<<Non so cosa dire. Devo ammettere che quando ti ci metti sai essere veramente spietata… comunque hai pienamente ragione. Sappi però che io sono felice di diventare padre per la seconda volta. Magari questo bambino ci potrà aiutare? Non lo sto domandando a te... Vai liberamente per la tua strada, d'altronde non ti posso biasimare. Ma io, come padre, credo di avere un minimo di diritto. Non su di te, assolutamente no, ma sul bambino che nascerà. Farò di tutto per renderlo felice. Con o senza di te.>>

Rimaniamo svegli, senza più parlarci, afflitti dai nostri pensieri, chiusi ognuno nella propria solitudine. Io nei miei rancori ostinati. Lui nei suoi rimorsi addolorati. I nostri pensieri si sfiorano appena nel buio della stanza, mentre i nostri corpi persistono in questa posizione di isolamento forzato e, malgrado allo spuntare dell'alba entrambi siamo presi dalla voglia di girarci l'una verso l'altro, la rabbia da una parte e lo sconforto dall'altra spengono l'abbraccio desiderato ancor prima che cominci.

La rabbiosa conversazione notturna che ha informato Paolo sul mio stato, ed il successivo epilogo di solitudine ha finito per creare un nuovo motivo di disagio tra noi, accrescendo la distanza che ormai ci separa sempre di più.

Nonostante i disturbi della gravidanza e contrariamente alla mia natura, questa maternità mi sta infondendo una certa forza. Qualcosa sta mutando in me e non mi riferisco solo al bambino che ospito. L'aver percepito la sua presenza in modo così incisivo mi fa sentire non più sola, come se quel piccolo essere già mi promettesse il suo conforto.

Forte di questa nuova forza non soffro più. Ma nello stesso tempo non sono felice, né mi sento trasportata dall'entusiasmo che dovrei provare. Non sono né arrabbiata, né triste. Sono praticamente apatica e apaticamente so che l'amore, che fino a poco tempo prima mi riempiva la vita, adesso si è ghiacciato dentro, in una monotona e inamovibile smorfia d'attesa di qualcosa che prima o poi mi ridoni il calore vitale e la voglia di ricominciare a vivere con passione il resto dell'esistenza, in un modo o nell'altro.

In un modo o nell'altro.

Vivo in questa assurda condizione di attesa, ignorando Paolo. È accanto a me, nella stessa casa, continuiamo a fare le stesse cose di prima ma in tutto ciò io mi sento costantemente assente.

Paolo avverte questa freddezza subendone in silenzio le conseguenze. Sa benissimo che la causa di tutto ciò è stato quello stupido errore, ma non riesce a comprendere perchè, nonostante io continui ad amarlo, e lui lo sente, mi ostini nella mia esasperata posizione di orgoglio.

Non facciamo più l'amore. Mi sento priva di desideri. Rifiuto qualsiasi contatto con l'uomo che continua a vivermi accanto.

Passano le settimane e fuori continua a piovere.

Intervallate da sporadiche giornate di sole, i mesi di aprile e maggio passano velocemente nel loro grigiore innaturale e la primavera tanto attesa, a fatica, riesce a scaldare il mio cuore.

Passano i mesi in questo stato di sospensione della realtà.

Io mi arrotondo nella mia crescita e Paolo rimpiange sempre più il passato.

Le nostre solitudini sono all'apice.

Sono giunta al settimo mese di gravidanza. Ho lasciato il lavoro con un pizzico di amarezza poiché so benissimo di non essere stata una brava giornalista negli ultimi mesi.

L'aridità del mio cuore ha inevitabili conseguenze e la mia professione ne ha indubbiamente risentito.

E' fine settembre, Martina ha ricominciato a frequentare la scuola ed io ogni giorno mi ritrovo a casa sola per diverse ore.

Mi sento vuota.

Non ho voglia neanche di leggere. Non ho voglia di uscire. Inoltre fuori piove... non ricordo nella mia vita un'estate così piovosa ed un inizio autunno altrettanto grigio.

Non ricordo un periodo così vuoto durante il quale non desidero nemmeno leggere.

Nella noia di una delle mie giornate senza libri decido di rimettere in ordine l'armadio.

Lo svuoto completamente ritrovando così il cartone fiorato, quello contenente i trecento foglietti riportanti gli aforismi del vecchio scrittore.

Vi infilo le mani accarezzandoli. Le dita si intrecciano con i fili sottili delle parole che mi toccano i sensi come musica, ed il desiderio di incontrare quel vecchio poeta mi cresce dentro con la prepotenza di una nuova vita.

Chissà se quest'uomo vive ancora, in fondo era già vecchio quando abbiamo preso in affitto casa, quasi sei anni fa.

Mi piacerebbe proprio conoscerlo, vorrei parlarci. Che stupida sono stata a pensare che lui con le sue frasi abbia potuto influire sul mio destino. Ma come ho potuto prendermela con lui. Come ho potuto pensare che quello che ci è successo sia stato causato dalle confessioni di una persona che neanche ci conosce. In fondo lui con i suoi scritti non ha fatto altro che lasciare la testimonianza della propria vita, riconoscendone gli errori.

L'amore gli è stato negato per qualche motivo oggettivo e lui non ha lottato per conquistarselo… rassegnandosi.

Anche se in termini diversi, è quello che sta succedendo a me…

Che tristezza!

Devo ritrovare il numero dell'agenzia e chiedere informazioni su di lui. Quell'agente immobiliare disse che aveva preso in affitto una casa in campagna sempre con la stessa agenzia.

Probabilmente abita ancora lì e se mi dessero l'indirizzo potrei andarlo a trovare. In fondo mi è così familiare. Non mi stupirei se a vederlo provassi un forte istinto ad abbracciarlo, come fosse un vecchio… padre.

<<Pronto buongiorno potrei parlare con il signor Matteucci?>>

<<Sì, sono io. Con chi ho il piacere di parlare?>>

<<Sono Oaxaca, Francisca Oaxaca. Ricorda, abbiamo preso in affitto un appartamento a Testaccio. Ci siamo incontrati circa sei anni fa. Nell'appartamento… quello con le scritte nel bagno…>>

<<Ah, certo, come potrei non ricordare. Cosa posso fare per lei, signora?>>

<<Avrei bisogno di una cortesia. Ricorda l'inquilino che era in affitto prima di noi? Praticamente l'autore delle frasi, avrei bisogno di contattarlo. Lei, se non sbaglio, disse che questo signore aveva affittato una casa in campagna sempre con la vostra agenzia. Ma che lei sappia vive ancora lì?>>
<<Oh, sì, credo di sì. Ma dovrei verificare… Posso senz'altro verificare, dovrei avere i dati del signore nel contratto… devo solo ricordarne il nome… ma come mai lo sta cercando? Oh, no mi scusi, non dovrei chiederle questo.>>
<<Beh, infatti non dovrebbe… ma se ricordo bene, lei è un tipo piuttosto curioso… ma anche molto simpatico e… professionale… che dice riesce a farmi avere i dati di questo signore?>>
<<Lei mi lusinga! Farò del mio meglio. E' un vero piacere assecondare una signora gentile come lei.>>
<<Bene, bravo. Mi richiami presto, la prego, è molto importante, mi richiami al più presto. Grazie.>>
Sono felice all'idea di poter finalmente conoscere l'autore del mio bagno. Non so cosa esattamente quest'uomo abbia passato nella vita, e poi la sua gioventù si è svolta in un'altra epoca, ma continuo a pensare a dei parallelismi tra lui e me, e l'idea di confidarmi con lui mi appare come un'ancora di salvezza.

L'impazienza mi incalza. Passano un paio d'ore e non ricevendo alcuna telefonata dall'agente immobiliare decido di richiamarlo. Il tizio, sempre più divertito dalla mia richiesta, afferma di avere tutte le informazioni ma che, per questioni di correttezza, deve prima informare l'interessato.

Mi fa attendere in linea, e dopo qualche minuto, mi conferma che può darmi i dati:
<<Si chiama Paolo De Santis, abita in Via delle Gardenie 1, località Borgo Vecchio in provincia di Viterbo. Ha detto che può chiamarlo quando vuole, anzi se vuole può andare direttamente da lui domani mattina, l'aspetta con ansia, auguri signora.>>
Abbasso la cornetta e mi metto a ridere. Rido sonoramente come non mi capitava da tempo. Domani mattina partirò prestissimo per andare a trovare l'egregio signor Paolo De Santis.

Speriamo che almeno smetta di piovere, la campagna viterbese non è niente male...

Scorro il dito lungo una fila di vecchi libri consumati scegliendone uno che non apro da moltissimo tempo. É 'L'insostenibile leggerezza dell'essere' di Kundera.

Se lo rileggessi sarebbe per la quinta volta.

Sfogliandolo mi accorgo che dentro c'è un foglio scritto, sono degli appunti che avevo riportato mentre cercavo di ricomporre la biografia lasciata scritta sulle mattonelle.

Lo leggo:

<<Osare e perdonare.>>

<<Osare e perdonare.>>

Ho riportato queste due parole come fossero la chiave di tutta quella confessione.

Il vecchio scrittore non ha osato, mi sembra di aver capito, e domani me lo farò confermare, io invece non riesco a perdonare e domani, sempre, lo confiderò a lui.

Sento che da questo incontro la mia vita subirà una svolta.

Ho assolutamente bisogno che la mia esistenza subisca una svolta altrimenti il rischio è quello di impazzire.

E' venerdì mattina, fine settembre: fuori piove.

Vesto Martina, le preparo lo zainetto e l'accompagno a scuola. Poi mi dirigo verso la macchina, il viaggio è lungo. Ci vorranno almeno un paio d'ore, con questa pioggia sarò costretta a guidare piano. Durante il tragitto il tempo sembra migliorare. Giunta alle porte del paesino mi accorgo che ha smesso di piovere ed un timido sole rischiara la mattinata.

Mi fermo ad un bar per fare colazione e chiedo alla cassiera dove si trova via delle gardenie.

È leggermente fuori dalle mura, in campagna.

Imbocco un viale alberato che mi conduce davanti ad un grande cancello con il numero civico 1.

Suono al citofono e, senza che nessuno risponda, il cancello si apre permettendomi di entrare con la macchina. Seguo un breve sentiero che solca un giardino esteso ricco di alberi e piante da fiori. Tutto sembra molto curato, ed alla fine del vialetto mi trovo sotto un vecchio casale, molto bello, uno di quei casali antichi in pietra, ristrutturato di recente. Scendendo dalla macchina noto che c'è una macchina d'epoca tirata a lucido ed in perfetto stato.

Mi guardo intorno. Il giardino che mi circonda è rigoglioso e le piante ancora bagnate, con quel sole appena accennato riflettono una luce speciale. Guardando in alto vedo che il casale è su tre piani e sembra abbastanza grande.

Forse ci vive con la moglie, magari ha anche dei figli, dei nipoti, mi sembra un po' troppo grande per una persona sola. Mi avvicino alla porta e busso.

Mentre aspetto sento il mio bambino muoversi.

La porta si apre, e un uomo anziano molto alto, robusto di corporatura ma asciutto, mi sorride. Un gran bell'uomo anche se profondamente segnato dal tempo. Ha ancora in testa tutti i capelli ormai di un bianco candido. Le rughe del viso sono molto profonde soprattutto intorno agli occhi, che sembrano tristi, e agli angoli della bocca, che sembra sorridere. Si muove lento con passo incerto, appoggiandosi ad un bastone.

Uscendo nel patio mi conduce sotto una fresca veranda, circondata da una vite rigogliosa, facendomi accomodare su una panca davanti ad un massiccio tavolo di legno.

Tutto questo nel più assoluto silenzio.

Una volta seduti, l'uno accanto all'altra, mi prende la mano e guardandomi negli occhi con fare nobile si presenta:

<<Il mio nome è Paolo De Santis, ho ottant'anni, vivo solo e lei mi sta facendo una visita graditissima. A che mese è? Cosa vuole da bere?>>

<<Mi chiamo Francisca Oaxaca, ho quarant'anni, vivo con Paolo e mia figlia Martina nell'appartamento che una volta è stato abitato da lei. Sono al settimo mese finito, è un maschio e si chiama Tommaso. Gradirei dell'acqua fresca… grazie.>>

L'uomo si alza e rientra in casa riuscendone dopo alcuni istanti con una cesta contenente una bottiglia d'acqua, una bottiglia di vino rosso e due bicchieri. Si siede di nuovo accanto a me versando dell'acqua nel bicchiere che mi porge. Poi stappa la bottiglia di vino.

Se ne versa mezzo bicchiere sorseggiandolo con fare esperto.

<<Ottimo questo vino, era molto tempo che volevo aprirlo ma stavo aspettando una buona occasione. Lei è l'occasione migliore che mi sia capitata negli ultimi anni… vuole assaggiarlo, vedrà non le farà male, le piace il vino?>>

<<Sì amo i vini, soprattutto i rossi... Sono lieta di essere una buona occasione per stappare un buon vino, mi lusinga, ma mi dica perché?>>

<<Un uomo giovane e galante direbbe perché lei è una bellissima donna, poi in questo stato emana una tale grazia, se fossi più giovane le risponderei senz'altro così. Ma sono un povero vecchio solo e scontroso, come tutti i vecchi, quindi le dico la verità, aspettavo che prima o poi qualcuno mi venisse a trovare, anzi lo speravo. Non ho scritto tutte quelle cose sulle mattonelle del bagno per puro esibizionismo. Volevo passare la mia esperienza a qualcuno, affinché non fosse tutto sprecato, e non avendo figli, ho pensato di farlo con chi mi fosse succeduto nel bellissimo appartamento di quel quartiere romano. Roma la splendida città dove sono nato. Sono molto lieto di vedere che il mio intento abbia raggiunto tali amorevoli creature. Mi riferisco a lei ed al suo bambino, naturalmente. Mi dica, signora, perché ha deciso di venirmi a trovare? Si è fatta un bel viaggio con questa pancia, poi ho sentito che a Roma sta piovendo ininterrottamente da ieri sera.>>

<<Sì è vero, sono partita che pioveva forte, ma mentre mi avvicinavo il cielo si è aperto, chissà forse anche a Roma ha smesso di piovere. Io… ho deciso di venire a trovarla perché ho bisogno di confrontarmi con lei, se lei ha del tempo da dedicarmi, naturalmente.>>

<<Ci mancherebbe, ho tutto il tempo del mondo.>>

<<Vede, io ed il mio compagno abbiamo preso in affitto il suo ex appartamento quasi sei anni fa, e veramente la cosa che ci ha spinto a farlo è stato quell'incredibile bagno pieno dei suoi versi… la cosa ci ha conquistato sin dal principio. Io sono rimasta incinta subito e durante la gravidanza, avendo molto tempo libero, mi sono dedicata a decifrare il significato di tutte quelle frasi, perché lei adesso me lo ha appena confermato, non sono frasi senza senso buttate lì per caso… io l'ho capito subito e la cosa mi ha

affascinato da morire. Ero convinta che ci fosse, dietro a tutte quelle parole, un messaggio vero e proprio lasciato da lei a noi. Quindi non lasciato a persone qualsiasi ma precisamente a noi. Anzi più precisamente a me. Inoltre, altre persone prima di noi hanno visto l'appartamento ma nessuno lo aveva preso in affitto, e l'agenzia ci ha addirittura fatto un cospicuo sconto. Insomma i suoi scritti mi aspettavano, io lo sapevo con certezza. Dunque, le dicevo, mi sono messa di punta ed ho copiato tutte le frasi in altrettanti foglietti. Lo sa che sono esattamente trecento?>>

<<Accipicchia, no, non le avevo mai contate.>>

<<Poi ho cercato di trovarne la sequenza ed alla fine ho cercato di capirne il senso. Il giorno in cui ho finito questo lavoro è nata mia figlia Martina. Non so perché ma al rientro dall'ospedale io non ho più pensato a quel lavoro, né a lei. Nonostante entrassi più volte al giorno nel bagno, ovviamente, non ho più notato quelle frasi. Loro continuavano ad essere lì, ma io non ci ho più badato. Nelle corse del mio gran da fare quotidiano avevo chiuso gli occhi. Sono passati quattro anni e, nonostante gli alti e i bassi della vita, credo che siano stati gli anni più pieni della mia esistenza. Poi l'inverno scorso, quasi per caso, ho riscoperto i suoi versi. Mi sono trovata sola in casa per una notte, finalmente con del tempo a mia disposizione, ed immersa nella vasca ho finalmente riaperto gli occhi e focalizzato di nuovo le sue singolari parole. Quella notte stessa l'ho sognata ed in sogno lei mi ricordava dove avevo messo tutti i foglietti, così li ho ritrovati. Ci sono due parole che ho segnato, che mi hanno profondamente colpito e che credo siano le parole chiave delle nostre esistenze. Della sua e della mia accomunate, mi sembra, da un destino simile…>>

<<Un destino simile? Oddio no… se solo fosse si ricordi che lei è giovane e fa in tempo a rimediare. Io ormai non posso più rimediare ai miei errori… Ma mi dica quali sono le parole di cui mi accennava?>>

<<Osare e perdonare.>>

<<Osare e perdonare… bravissima la mia signora… lei non solo è molto bella, ma possiede una qualità rara: lei sa ascoltare, sa leggere nella profondità dell'animo umano... che brava ragazza.

Sono fortunati i suoi bambini, ed il suo compagno sa di avere accanto una donna così?>>
<<Grazie lei è molto gentile… Veramente il mio compagno… stiamo passando un periodo di grave crisi, lui mi ama molto ed anch'io lo amo, ma… c'è stato un problema… è per questo che sono venuta fin qui da lei.>>
<<Sì, ho capito. Lei ha appena affermato che quelle due parole ci accomunano. Io in gioventù non ho osato, ed in vecchiaia non riesco a perdonare… soprattutto me stesso. Mi dica lei, piuttosto, qual'è il suo problema?>>
<<Mettiamola così: le ho già detto di aver passato gli ultimi anni tra i più completi di tutta la mia vita. Dopo un certo di periodo di assestamento e di crescita, sentivamo, io ed il mio compagno, di aver raggiunto una buona armonia, eravamo in piena sintonia tra noi e la nostra bambina è sana e dolcissima. Abbiamo entrambi un lavoro che ci soddisfa appieno, ed ultimamente desideravamo anche avere un secondo figlio… infatti eccolo qui! Come vede non ci mancava nulla, almeno esteriormente. Poi ad un certo punto il mio uomo mi ha tradito. E' stata un'infedeltà senza premeditazione, una cosa nata da niente e subito finita, così mi ha detto. Ma io l'ho scoperto purtroppo, in un modo anche piuttosto ridicolo, se vogliamo… e da allora la mia vita è cambiata… io sono cambiata… lui è piuttosto disperato, si è reso conto di aver preso il nostro amore e d'averlo fatto a pezzi con le proprie mani.>>
<<Ah, capisco. Che peccato.>>
<<Il problema è che qualcosa si è spezzato. A parte la fiducia persa… io quel qualcosa non riesco proprio a recuperarlo… Il guaio è che non riesco a perdonarlo, non riesco a dimenticare, penso a quel tradimento ogni volta che lo guardo, ho perso ogni spontaneità. Non è tanto il tradimento di per sé che non riesco a mandar giù, si figuri che in cuor mio ho avuto anche pensieri di comprensione nei suoi confronti… anche a me qualche volta è capitato di desiderare di tradirlo. Ed una volta ci sono arrivata molto vicino, in quel caso però eravamo in un periodo di stanchezza, di monotonia. La cosa che proprio non riesco a concepire è che lui l'abbia fatto proprio quando sembrava che

tutto andasse per il meglio, e proprio quando abbiamo cominciato a desiderare un altro figlio. Capisce? Un secondo figlio presuppone un impegno totale, e lui invece mi tradisce. Ma... Forse proprio perché quell'impegno totale lo ha spaventato, o forse semplicemente perché doveva accadere e basta... non lo so... ma io non riesco proprio a perdonarlo. Ma nel frattempo è arrivato lui, il mio bambino e tutto il rancore, tutta la rabbia si è trasformata in apatia, il che credo sia anche peggio.>>
<<Ah, capisco... l'apatia non ci fa reagire, ci immobilizza nella nostra staticità, almeno il rancore è un sentimento, l'apatia non è niente.>>
<<Anche se questo figlio in arrivo, credo, mi stia dando la forza di reagire in qualche modo. E' stata la sua presenza che mi ha spinto a venire da lei. Non si può mettere al mondo una creatura quando non si ha il coraggio di prendere delle decisioni serie, che lo riguardino in prima persona... Mi perdoni, non voglio ammorbarla con i miei problemi. Lei in fondo neanche mi conosce, ma adesso le spiego: sono arrivata al punto in cui devo necessariamente fare una scelta. Continuare a stare con il mio uomo, perdonandolo e tornando a credere nell'armonia di una volta, oppure chiudere questa storia definitivamente e vivere la vita diversamente, cambiare rotta. Solo che questa assurda apatia non mi permette di prendere una decisione netta, ed il tempo passa. Io ed il mio Paolo stiamo solo coltivando l'infelicità con la conseguenza inevitabile di passarla, prima o poi, anche ai nostri figli.>>
<<Capisco, che peccato sarebbe!>>
<<Ecco, sono arrivata al punto. Rileggendo le sue frasi ho capito che lei, anche se in termini diversi, deve aver passato qualcosa di molto simile. Credo di aver capito che lei non osando, appunto, non ha fatto la scelta giusta, quando era il momento di farla e che le conseguenze le ha pagate, in termini di sofferenza, per tutta la vita. E siccome lei questa esperienza l'ha voluta necessariamente passare ai suoi discendenti putativi, che saremmo noi, io so che devo chiedere consiglio a lei... come se fosse un padre. Se solo lei mi raccontasse la sua storia, se solo io capissi cosa cambierebbe

del passato, per poter essere finalmente felice… io… io non so se mi sono spiegata.>>
<<Lei si è spiegata benissimo, oh che gioia averla qui. Se lei ha abbastanza tempo io le racconterò tutta la mia storia, così capirà. Sappia comunque, fin d'adesso, che la cosa principale è non sprecare la propria vita, perché questa passa in fretta e non torna più. Il rancore, l'orgoglio, l'odio, hanno un solo effetto: distruggerci da dentro. Si impadroniscono della nostra esistenza trasformandoci in piccoli esseri insoddisfatti, all'eterna ricerca di qualcosa che noi stessi abbiamo allontanato. Mi creda, si diventa vecchi prima ancora di accorgersene, e poi non le rimane più niente.>>

Gli occhi del vecchio scrittore si stringono nel ricordo del passato e gli angoli della bocca si abbassano, trasformando quello che sembrava un sorriso in una smorfia di intransigenza nei confronti di se stesso.

Non è ancora mezzogiorno ed il sole è alto nel cielo.
<<A che ora dovrà andar via?>>
<<Mah, veramente ho promesso a mia figlia di andarla a prendere a scuola, dovrò partire intorno alle due.>>
<<Ah, così presto… vuole dell'altro vino?>>
<<No, grazie. Sa a stomaco vuoto, potrebbe farmi male.>>
Allora lui, alzandosi di nuovo, entra in casa riuscendone dopo alcuni minuti con un cestino contenente delle ciambelline all'anice e biscotti alle mandorle.
<<Uhm, hanno un ottimo aspetto, sembrano fatte in casa.>>
<<Sì, infatti, le prepara la mia brava governante. Sa io vivo solo ma una donna, anzi una specie di fata, quattro volte a settimana viene per riassettarmi la casa. Porta la spesa ed il giornale. Poi mi racconta cosa succede in paese: alcune storie sono vere, altre di pura fantasia, è così divertente! E cucina sempre qualcosa di buono, con le sue mani prodigiose. Come se avesse una bacchetta magica, ogni volta che se ne va, lascia dietro di sé una striscia di luce scintillante, e non mi riferisco solo alle pulizie che fa in casa. Poi un ragazzo, che vive qui vicino, viene a trovarmi un paio di volte a settimana per prendersi cura del giardino. E' per questo motivo che è così rigoglioso, anche lui, credo faccia ricorso alle arti magiche, basta guardare i risultati... Non è un rapporto lavorativo si tratta più che altro di un'affettuosa simpatia reciproca. Un'amicizia preziosa, e siccome è un giovane studente d'agraria, con l'occasione fa della pratica e guadagna qualcosa. Come vede vivo solo, ma in vecchiaia sono riuscito anche a farmi degli amici. Amici sinceri…>>
Passano alcuni minuti in cui l'uomo si è fatto silenzioso. Si guarda intorno come per confermarsi che quel giardino è veramente

meraviglioso, emozionandosi quasi, come se l'affetto di quel giovane ne fosse il motivo principale.

Lui crede veramente che a volte gli amici fanno miracoli, e questo lo leggo nei suoi occhi appannati.

Con un gesto palese mi offre una ciambellina.

Io la prendo e resto in attesa di udire, nuovamente, quella voce roca e profonda raccontarmi qualcosa che sia in grado di risvegliare in me la voglia di reagire.

Passano ancora alcuni minuti in cui l'uomo non proferisce parola. E' come assorto nella contemplazione profonda di ciò che lo circonda.

Io me ne accorgo ed evito di muovermi per non disturbare quel raccoglimento.

Intanto lo osservo.

Da giovane deve essere stato proprio un bell'uomo. Nonostante le rughe, i lineamenti sono regolari e raffinati. I suoi modi eleganti e la maniera in cui parla è toccante… chissà che cosa ha scritto nella vita? Chissà se scrive ancora?

<<Bene, le piacciono le ciambelline? Se ne porti via qualcuna, per la sua bambina… dunque abbiamo meno di tre ore, cercherò di essere breve… Avevo trent'anni quando decisi di confessare a quella donna che l'amavo, l'amavo più di ogni altra cosa e ormai da tantissimo tempo. Eh sì, m'innamorai di lei che non avevo ancora diciotto anni, non era ancora finita la guerra, nel '44. Persi mio padre in quel terribile conflitto, non le sto a raccontare quanto abbiamo sofferto, tutti… E a pensare che lui era un intellettuale, ed è morto a causa di una guerra che non gli apparteneva, anzi che detestava. Anche se mi domando a chi sia mai appartenuto quel conflitto maledetto. I giovani non possono neanche immaginare cosa sia stata quella guerra e sinceramente neanche io, mentre la vivevo, nell'incoscienza della mia gioventù, capivo realmente cosa stesse accadendo. Mio fratello e mio padre erano al fronte, a combattere. Io, invece, non avevo ancora quattordici anni ed ero rimasto a casa con mia madre. Abitavamo nel vecchio quartiere di San Lorenzo, vicino allo scalo merci. Ancora oggi, quando ci penso, mi sembra di sentire le sirene che annunciavano i bombardamenti. Sento ancora il brusio greve delle donne quando

ci rifugiavamo nel ricovero, sotto il nostro palazzo. Ricordo il giorno peggiore, un giorno che non ho più dimenticato. Era il 19 luglio del 1943 ed io ero fuori a lavorare, facevo delle consegne per poche lire, tanto per aiutare mia madre. Ero lontano da casa e all'improvviso udii dei botti fortissimi. Bombardamenti. E l'eco di chi vociferava in strada, un eco sotterraneo, funesto, '*stanno bombardando dentro Roma...*' faceva da sottofondo a quel fragore di distruzione. Cominciai a correre, veloce, sempre più veloce verso casa e più mi avvicinavo e più quell'eco si faceva forte '*gli americani hanno bombardato San Lorenzo...*' il cuore impazzava dando il ritmo alla mia ansia, non smetteva più di correre, anche quando io mi fermavo, senza fiato, piegandomi in due per riprendere le forze. Una volta entrato nel mio quartiere tutto sembrava catapultato in un'altra dimensione. Sembrava di camminare in un sogno. Per l'esattezza un incubo. Mi guardavo intorno, cercando di riprendere fiato. Ero senza fiato, e non solo per la corsa. Ma stranamente non vidi morti, non vidi corpi a terra, e questa cosa in realtà mi stupì, mi ero preparato al peggio. Intanto quell'eco ridondante continuava '*hanno mitragliato una donna che stava allattando il suo bambino...*' Forse questa è l'immagine più cruda che si possa fornire di una guerra. Una donna che allatta il suo bambino, uccisi dalle bombe. Cosa esiste di peggio? Infatti, quell'immagine soltanto narrata non mi abbandonò più, mi creda. Continuavo a muovermi lentamente, il cuore si era fermato. Tutto intorno fumo, crateri in terra, tubi divelti, alberi rovesciati e macerie, dappertutto... alzai lo sguardo, alcuni palazzi erano crollati, mostravano l'interno delle stanze. E quella mi sembrò una violazione terribile. Poi ancora l'eco delle voci strozzate '*hanno colpito il Verano e le tombe sono aperte, i morti sono fuori e i vivi sotto le macerie...*'. Quale capovolgimento era questo? I morti fuori e i vivi dentro. Ma non le sembra la cosa più assurda che possa accadere agli uomini? Ripresi a correre verso Via dei Sabelli guardando in aria, come per proteggere i miei occhi da immagini che mi rifiutavo di vedere, il mio cuore aveva ripreso a battere lento, nonostante la corsa. Pensavo a mia madre. L'avevo lasciata in casa, la mattina e chissà dov'era in quel momento, chissà se l'avrei ritrovata viva. Il petto era stretto in una morsa.

Ma intanto quell'eco in strada urlava con voce di bambino, una voce straziante '*il carcere minorile è stato raso al suolo, pochi di quei ragazzi si sono salvati.'* Minorenni colpevoli di furti e furtarelli, morti come topi, soltanto alcuni di loro si salvarono, scappando dalle falle aperte sulle mura delle celle dalle bombe. Era quello il prezzo da pagare per le loro povere colpe di miseria? Tutte quelle voci mi stavano straziando, il racconto di quegli eventi era terribile, i miei occhi non videro le vittime ma le mie orecchie ascoltarono tutta la tragedia umana di gente nostra, uomini, donne e bambini, uccisi a mitragliate, e defraudate della loro esistenza, e tutto questo allo scopo di colpire obiettivi militari. Avevano raso al suolo interi quartieri, migliaia di morti e feriti, interi palazzi completamente distrutti. Esistenze rase al suolo. Abbassai per un attimo lo sguardo e fu in quel momento che vidi a terra un corpo. La prima vittima che vidi di quella assurda distruzione. Ma non era un corpo umano, no! Per fortuna. Era un cavallo. Le giuro, però, che quel cavallo senza vita, steso a terra mi diede la dimensione esatta di quella guerra assurda che non risparmiava nemmeno chi, per sua natura, non era nato per combattere. In tutto quello stordimento, finalmente giunsi a casa. L'angolo destro del palazzo era completamente crollato. E la camera dove dormivamo io e mio fratello era visibile dalla strada, mi fece uno strano effetto guardare il mio letto che pendeva da un pavimento crollato a metà, ma i miei pensieri in quel momento erano volti solo a mia madre. Feci le scale correndo ed entrai in casa. Mia madre era lì ad aspettare me. Grazie a Dio. Era corsa nel ricovero non appena suonato l'allarme ed insieme agli altri condomini si era salvata. Erano scesi tutti sotto terra ad aspettare le bombe. Sulle loro teste esplosioni... e crolli. E dentro le loro teste i pensieri di chi stava fuori, e di come sarebbe stato dopo. Insieme a quei palazzi erano crollate intere esistenze, ma mia madre era ancora viva e io pure. E questo ci sembrò già una gran cosa. Ci trasferirono in una caserma e continuammo la nostra vita di guerra, che da civili si erano trasformati in sfollati. Dopo alcuni mesi tornammo a casa, che nel frattempo era stata risistemata. Mi sembra ancora di vederlo, il nostro palazzo rattoppato, la nostra strada, la città grigia, malridotta, ferita. Immagini in bianco e nero sbiadite dalla distruzione senza fine e come sonoro l'eco incessante degli orrori delle deportazioni, degli stermini. Quella cosa abominevole alla quale è stato dato il nome di Olocausto, che mai prima di allora si sarebbe potuta immaginare. Eppure è accaduta. L'urlo straziante di un orrore mai visto prima. Intere generazioni cancellate da una follia collettiva senza eguali. Insomma la morte, le macerie e la polvere consegnavano la nostra povera Roma, la città eterna, in balia del dolore, della fame, della distruzione. Ma in tutto questo c'era ancora uno spiraglio di speranza e di vita. Guai se non fosse stato così. La polvere doveva essere spazzata via. L'umanità doveva risorgere dalle proprie macerie. A Roma nel '44 la gente era in gran fermento, così come capitava nel frattempo anche nelle altre città. Alcuni appartenevano alla corrente dell'attendismo, aspettavano l'arrivo degli alleati, dei liberatori. Altri, invece, si muovevano cercando con tutti i mezzi di accelerare il processo di liberazione dall'occupazione nazista. L'attentato di Via Rasella fu pagato a caro prezzo dai romani... il prezzo assurdo della vita data in cambio di un ideale di libertà e pace che oggi molti danno per scontato, ma la pace non è così scontata come sembra, mi creda. Ecco questa era la guerra vista dai miei occhi da ragazzino, anzi ascoltata dalle mie orecchie cieche. E parliamo di poco più di sessant'anni fa, sembra di parlare di un tempo assai remoto invece è così recente, se pensa solo che io ero lì ed oggi sono ancora qua... La chiamarono Resistenza, e il nome dice tutto, si ponevano le basi della futura democrazia italiana, in seguito ad un periodo buio, forse il più buio che si sia mai verificato nella storia dell'umanità, dove le forze del male avevano sopraffatto la volontà di milioni di persone, con l'assurdo sacrificio di milioni di vite... la gioventù di oggi non dovrebbe mai dimenticare quello che accadde in quella guerra... almeno per non ricadere negli stessi errori... Anche se, e lo dico con l'anima disillusa di un ottantenne che ha visto anche troppo, non mi sembra che l'uomo abbia imparato qualcosa dal passato. Si persevera negli stessi errori, anzi negli stessi orrori... basta contare quante guerre vengono combattute tuttora nel mondo... e quanti genocidi, piccoli olocausti che si consumano ovunque, sotto gli occhi

ipocriti di un'umanità cieca, un'umanità spiazzata da classi dirigenti e politiche che ormai inseguono soltanto il miraggio del dio denaro, a discapito di valori dimenticati... ah quanto dolore e quanta stupida ipocrisia scorgo ancora nel mondo! Ma grazie a Dio l'essere umano non è immortale. La morte dopo una vita di consapevolezza in fondo ci libera dal male... mi creda, che Dio mi perdoni.
Avevo vent'anni, appena compiuti, quando mio fratello che allora ne aveva ventisette, si sposò con lei la nostra vicina di casa, la sua ragazza che aveva la sua stessa età. Viveva nel nostro stesso palazzo, sul nostro stesso pianerottolo. La conoscevamo da sempre. Nel rifugio, mentre noi sbarbatelli giocavamo a morra, lei ci osservava con affetto. Malgrado fosse più grande e consapevole del rischio che stavamo correndo tutti, si rallegrava sempre, quando notava che quella guerra spietata non riusciva a distruggere la voglia di vivere e di giocare dei ragazzini, la spensieratezza dell'infanzia... almeno quella. Io non mi rendevo conto di quanto fosse bella, perché dentro ero ancora un bambino, allora apprezzavo la sua bontà, l'affetto che donava a tutti spontaneamente. Lei spesso mi prestava i suoi libri che leggevo con una gran foga. Mi è sempre piaciuto leggere, e durante quel periodo mi aiutò a sognare e a distrarmi dalla realtà. Soltanto alla fine della guerra, quando mio fratello rientrò definitivamente, mi accorsi che loro due erano molto legati. Erano stati compagni di gioco in passato, e condividevano le stesse idee politiche. Io ero più piccolo e non mi accorsi che loro si volevano già bene. Dopo due anni annunciarono il loro matrimonio. Il mondo mi cadde addosso. Io non sospettavo nulla. Ero talmente chiuso in quel solitario innamoramento, da non accorgermi assolutamente che mio fratello e quella donna ormai si frequentavano assiduamente e si amavano. E così cominciai ad odiarlo. Sangue del mio sangue. Mi sentii come tradito da lui. Invece, ero io che con quel ragionamento perverso lo tradivo. Covai l'odio per quel fratello, silenziosamente, nell'animo, ma non feci mai trapelare nulla, avevo troppo rispetto per mia madre. Lei insegnava in una scuola media, ci amava moltissimo e dopo la morte di mio padre dovette lavorare sodo per mantenerci agli studi. C'insegnò il rispetto, la

tolleranza, la solidarietà, il coraggio. Durante la guerra rischiò personalmente la vita per proteggere ed aiutare alcuni partigiani, amici di mio padre. Durante la guerra, con la sua grande forza d'animo e con il suo amore incondizionato, mi diede la forza di continuare a credere che, nonostante tutto, la vita fosse un dono prezioso ed in quanto tale andava vissuta nel modo migliore, ed in piena ed assoluta libertà. Mi fece apprendere il concetto che in un momento terribile come quello si poteva rischiare la propria vita, in nome di una libertà che riguardava tutta l'umanità, e che doveva essere difesa ad ogni costo. Ma io, di quell'insegnamento, non ne ho fatto buon uso... anzi, rischiai sicuramente la mia vita, più di una volta, in nome di un ideale di libertà supremo, ma poi, in seguito non osai rischiare nulla in nome di una mia realizzazione personale. Mio fratello e quella donna, Francesca, la donna che io amavo in silenzio, si sposarono e furono felici insieme. Almeno così pensavo.

Avevo trent'anni quando decisi un giorno di confessare a mia cognata quell'amore segreto. Non ne potevo più, non riuscivo più a tenermelo dentro, stavo scoppiando. Mio fratello e lei si erano ormai abituati a vedermi sempre scontroso e rabbuiato, pensando che ciò fosse una specie di conseguenza patologica alla morte di mio padre ed agli avvenimenti della guerra, che avevo subito in un'età così particolare come l'adolescenza.

Non immaginavano minimamente che tutta quella tristezza fosse causata dalla loro stessa felicità. Non immaginavano minimamente che la mia intrattabilità fosse conseguenza del rancore che provavo per mio fratello, e che quella introversione esasperata fosse determinata dal grande senso di colpa che, quest'immondo odio, mi procurava. Lui, mio fratello mi amava profondamente ed era costantemente mosso da un gran senso di protezione nei miei confronti. Io, indegnamente, lo ricambiavo con il peggiore dei sentimenti: l'odio.

Insomma, una mattina mi alzai e provando più angoscia del solito, decisi di andare da lei per confessarle quell'annoso amore segreto. Sapevo che mio fratello era fuori e sarebbe tornato solo la sera, allora mi recai a casa loro.

Lei mi accolse con allegria ed affetto, come faceva sempre. Mi preparò un caffè e poi, quando le dissi che dovevo parlarle di una cosa molto seria, annunciò tutta la sua disponibilità ad ascoltarmi. Lei pensava che avessi bisogno di aiuto, e che le volessi chiedere un sostegno per uscire da quella condizione di eterna afflizione. Infatti, così era ma non come lei aveva immaginato. Presi la sua mano nella mia e guardandola negli occhi le dichiarai, finalmente, il mio amore, le confessai che ero innamorato di lei da sempre, prima ancora che mio fratello la corteggiasse, prima ancora che io mi accorgessi del loro amore. Le dissi che l'amavo intensamente ma che non avevo avuto, allora, il coraggio di dichiararmi essendo più giovane. Mi vergognavo, mi sentivo immaturo rispetto a lei, e soffrivo di un complesso d'inferiorità nei confronti di mio fratello, e da tale mi comportavo. Le confessai inoltre che, da quando scoprii che mio fratello e lei si amavano, iniziai a nutrire un certo odio per lui. Le spiegai che quell'eterno atteggiamento scontroso era causato da quell'odio, che pesava sulla mia coscienza torbida come il peggiore dei peccati.
In fondo era il peggiore dei peccati. Da tutto questo nasceva quella tristezza che mi affliggeva: erano dodici anni che ogni sera mi addormentavo pensando a lei, ed ogni mattina al risveglio sussurravo il suo nome. Erano dodici anni che la desideravo mentre lei era di un altro uomo. Di mio fratello.
Lei rimase di stucco, mi guardava, non sorrideva più, non parlava più. Ritrasse la mano mettendosela davanti alla bocca. I suoi occhi divennero lucidi e l'espressione che ne seguì fu di puro terrore. Si alzò di botto e mi pregò di uscire da quella casa. Non avrebbe detto nulla al marito, supplicandomi di dimenticare tutto, di dimenticare lei, quell'amore impossibile e di farmi una ragazza, di farmi una vita. Non mi guardò in faccia per tutto il tempo che parlò ed io pensai di aver sbagliato tutto. Non avrei dovuto parlare. Me ne andai e da quel giorno mio fratello e sua moglie mi videro molto raramente.
Mi trasferii al nord, a lavorare, nel frattempo mi ero laureato e cominciai a scrivere per una casa editrice di Milano, mi occupavo della stesura di critiche e prefazioni di grandi scrittori, scrivevo anche per un giornale locale, e spesso mi recavo all'estero per

lavoro. Nel tempo libero scrivevo racconti per ragazzi. Mi buttai nel lavoro a pieno ritmo per non pensare, ma dentro di me aumentava la tristezza, sia per non poter amare Francesca, sia per non riuscire ad allontanare il risentimento nei confronti di mio fratello.
Ad un certo punto, non potendo più soffrire ho preso l'amore e l'ho isolato. E da quel momento è iniziata la solitudine che da allora non mi ha più abbandonato. Insieme a quell'amore, isolai tutto il buono che avevo dentro e mi ritrovai a vivere una vita sterile ed insensata, nutrendo esclusivamente sentimenti terribili che più passava il tempo più prendevano il sopravvento.
Così ho fatto per tantissimi anni, e l'aridità che ne è derivata non mi ha permesso di amare altre persone, né donne, né amici, né mi ha permesso di essere un buon giornalista. Talvolta mi liberavo da quell'aridità lasciandomi andare ai sogni. Ed allora sognavo il suo amore rivolto a me, finalmente tutto per me… passavo intere giornate a simulare la nostra relazione, sognando ad occhi aperti il nostro amore, io e lei, insieme. Liberi. Sono stati questi pensieri che mi hanno tenuto lontano dalla follia, se non avessi avuto la forza di sognare probabilmente sarei impazzito. In quei brevi periodi ho scritto dei racconti per ragazzi, mi sentivo prolifero perché finalmente liberavo l'amore, anche se solo mentalmente, ma ciò mi bastava. Poi ripiombavo nella grigia realtà, ed allora, nonostante mi sforzassi di frequentare qualche donna, sa non si direbbe ma sono stato un bel ragazzo e molte donne mi hanno corteggiato, nessuna di quelle donne mi donava un minimo di serenità e dopo relazioni brevi e tormentate, si allontanavano da me spaventate.
Passarono dieci anni in cui mi recai a Roma solo tre volte, l'ultima delle quali per visitare mia madre che stava morendo. Quando anch'ella morì persi un'altra porzione di cuore, e mi inaridii del tutto.
All'età di quarant'anni mi trattenni a Roma per un mese, a causa di una collaborazione con la consorella della casa editrice per la quale lavoravo. Mia madre era morta da un anno e nel suo ricordo cercai di soffocare il rancore per quel povero fratello senza colpa.

Mi capitò un giorno di stare in casa sua mentre lui era fuori per lavoro. Soli io e lei.
Si era fatta ancora più bella, l'età le donava un fascino particolare, qualche ruga intorno alla bocca ed intorno agli occhi la rendevano ancora più sensuale. Lei era tranquilla. Pensai che avesse dimenticato tutto. In fondo era passato tanto tempo… mentre mi porgeva un libro, che mi aveva fatto per regalo in occasione del mio quarantesimo compleanno, io le afferrai la mano e la strinsi a me. Lei non fece alcuna resistenza ma evitava il mio sguardo.
Io le chiesi se avesse dimenticato quanto l'amassi, lei mi rispose di no. Affermò che ci pensava spesso a quella dichiarazione fatta dieci anni prima. Mi raccontò che da quel giorno non aveva più dormito tranquilla. Sciogliendosi dal mio abbraccio e porgendomi le spalle iniziò a parlare, con la voce rotta dall'emozione.
Sostenne che anche lei era innamorata di me e che non se n'era accorta fino al giorno in cui io le dichiarai il mio amore, dieci anni prima. Confessò che non aveva mai amato veramente mio fratello, gli voleva molto bene, avevano moltissime cose in comune, condividevano la passione politica, si erano sposati e lei gli era fedele, ma non lo amava. Anche il fatto che non fossero venuti dei figli, rivelò, era per lei un segno che il loro non fosse vero amore.
Si erano sposati con molto entusiasmo. Erano appena usciti dalla guerra e la vita sembrava loro così eccitante, come poteva non esserlo, erano entrambi scampati alla morte ed alla sofferenza. Insieme furono impegnati con la lotta politica, condivisero moltissimi rischi ed enormi soddisfazioni. Per questo credettero di amarsi, ma a lungo andare lei si accorse che quello non era vero amore.
Ne ebbe la conferma il giorno in cui io mi dichiarai. Provò un'emozione incredibile rimanendole, da quel giorno, come la febbrile sensazione di non vivere la propria vita, ma quella di un'altra donna.
Ma non ebbe il coraggio di rivelare la verità, soprattutto a se stessa.
Adesso, però, era giunta al punto in cui anche lei non ne poteva più. Si era resa conto che il tempo passava, inesorabilmente, e stava buttando la vita in un amore inesistente. Avrebbe detto tutto

a suo marito, avrebbe confessato il nostro reciproco amore e lui, lei ne era certa, avrebbe finito per farsene una ragione. Era un uomo buono e comprensivo ed aveva un profondo affetto per lei e per me, che ero suo fratello. Così mi disse.
Allora io mi spaventai da morire, non osavo immaginare come avrebbe potuto reagire mio fratello. Non ebbi il coraggio di appoggiare quella donna, la donna che amavo, nel rivendicare la giusta opportunità di vivere insieme, di condividere l'amore con me. Non osai immaginare quello che avrebbe potuto pensare mio fratello di me, del suo tanto adorato fratellino. Era vero che lui mi adorava, e per questo non ebbi il coraggio di appoggiare Francesca.
Fui un vigliacco e della peggior specie.
Per non deludere mio fratello, per non rivelare la verità odiosa, rinunciai ad amarla. Guardai Francesca con astio e scotendola quasi violentemente le urlai che era pazza. Lei non credette alle sue orecchie. L'uomo che solo un'ora prima le aveva dichiarato amore eterno, dopo, una volta appreso di essere contraccambiato, la maltrattava trattandola da sgualdrina e le proibiva di rivelare tutto questo al marito, il quale l'unico senza colpe, non meritava una tale crudeltà. Mi sentii veramente un codardo. Lei avrebbe avuto il coraggio di affrontare la situazione per l'amore che provava ed io, malgrado tutti quegli anni di odio e di dolore, invece no. Io preferivo continuare a vivere in quel modo orribile, arido d'amore e traboccante d'odio, piuttosto che affrontare la verità e fare quella scelta coraggiosa che mi avrebbe portato un po' di quella serenità tanto agognata. Francesca rimase sconvolta dalla mia reazione. I suoi occhi traboccarono di lacrime. Si dimenò da quello scotimento aggressivo ordinandomi di andare via e di non farmi più vedere.
Io per lei ero morto... ed in realtà dentro ero morto veramente...>>
Sospira, il vecchio scrittore, ha parlato per due ore consecutive raccontando con tormento la sua vita. Distoglie lo sguardo da me che lo ascoltavo condividendo quella sofferenza. Guardando avanti, fissa un punto indefinito, sta scorrendo con la memoria momenti della sua esistenza passata.

La sua espressione è severa. Si vede, si sente che lui non ha ancora perdonato se stesso per quella viltà, se così si può chiamare. Si capisce, da quello che ha detto, che lui suo fratello lo ha sempre amato, altro che odio. Era astioso nei suoi confronti perché possedeva la donna che lui amava. Ma lui aveva rinunciato a quella donna solo per non ferirlo, per non deluderlo, per non farlo soffrire. Per lui aveva sacrificato se stesso. Ma poi, a causa di questo sacrificio, la vita gli era scappata di mano. Adesso in vecchiaia questa cosa non riesce proprio a perdonarsela.
<<Poi cosa successe?>>
<<Poi me ne tornai a Milano, ripresi la solita vita. Una vita vuota, triste, in piena solitudine. Ebbi tre storie sentimentali, tutte finite in malora a causa della mia eterna insoddisfazione. Viaggiai molto. Ecco conoscere paesi lontani era forse l'unica cosa che mi consolava un poco. Così non pensai più a Francesca e a mio fratello. Poi nell'ottantadue lui morì. Aveva solo sessantatré anni. Morì d'infarto. Mia cognata mi chiamò per avvertirmi ed io corsi a Roma. Durante i funerali piansi tutte le lacrime del mondo. Piansi per la sua morte, per il mio stupido rancore, per la mia vita triste, per il vuoto che avevo dentro e per la delusione che avevo dato a Francesca in quel nostro ultimo incontro. Piansi per mio padre e per mia madre. La mia famiglia era finita lì. E con la mia morte, pensai, si sarebbe estinta per sempre.
A cosa era valsa tutta la fatica di mia madre?
Rimasi a Roma per qualche settimana, avevo diverse situazioni burocratiche da sistemare, ed una sera andai a trovare Francesca. Lei mi accolse con fredda rassegnazione. La morte di mio fratello l'aveva colpita profondamente. Ci abbracciammo e rimanemmo uniti in quell'abbraccio per moltissimo tempo. Condividemmo quella sofferenza, restando in silenzio per tutto il tempo.
Poi, me ne tornai nella mia città, a Milano, ormai la mia vita era lì. Dopo qualche mese mi chiamò chiedendomi di andare da lei: doveva parlarmi di un diario che aveva trovato tra le cose del marito. Era una cosa molto importante che ci riguardava di persona. Io andai e di nuovo suonai a quella porta.
Era la quarta volta che suonavo quel campanello sapendo che in casa c'era solo lei, con la speranza nel cuore di possederla, di

amarla, di portarla via con me. Lei era molto dimagrita, ma era ancora bellissima. Francesca, la mia Francesca era ancora una donna splendida, desiderabile e capace di donarmi gioia già solo con un sorriso…>>
Si ferma di nuovo in un malinconico raccoglimento, rivelandomi solo con lo sguardo quanto ancora potesse essere innamorato di quella donna.

Ma dal modo in cui racconta capisco che quell'amore non si è mai avverato, è rimasto nell'aria, e che, scacciato indegnamente, ha lasciato quell'uomo solo nella sua amara vecchiaia.

Sospirando tira fuori l'orologio da taschino.
<<Sono quasi le tre, signora, lei deve proprio andare? Sarei felicissimo di godere ancora della sua compagnia, mi piacerebbe raccontarle il resto della mia storia e cenare con lei, stasera. E molto tempo che non ceno con una donna. Potrei recuperare gli errori di gioventù e, finalmente, in vecchiaia mostrarmi il gentiluomo che in realtà sono.>>
I suoi occhi scuri e profondi, ancora così vivi, mi trasmettono un tenero appello. Non so cosa darei per rimanere qui con quest'uomo. Per sentirlo ancora parlare, per sfiorargli la mano... ma ho promesso a Martina che sarei andata a prenderla a scuola.

Sono tentata, però, voglio rimanere ancora. Alla fine mi convinco.

Chiamo Paolo e gli dico che mi trovo fuori Roma a casa di un'amica, e che tornerò tardi. Quindi lo prego di pensare a Martina.

Nell'udire queste parole il vecchio scrittore sorride, ed il suo viso si muove in un esordiente cenno di gioia che accentua la mappa delle rughe.

Si alza ed io lo osservo da dietro.

Solo adesso mi accorgo di come sia vestito elegantemente.

Il completo gessato che indossa gli cade in modo perfetto, sembra cucito su misura di quel fisico robusto ed imponente. Sotto la giacca il gilet e sotto ancora, una camicia candida che mostra nei polsi sobri gemelli d'oro, poi la catenella dell'orologio prezioso che pende dal taschino del gilet, le scarpe nuove, lucide. Mi piace pensare che si sia vestito così per me. Ma poi ripenso alla macchina che ho visto parcheggiata fuori. Una vecchia macchina d'epoca, vecchia sì ma tenuta perfettamente e sicuramente molto costosa.

E l'affitto di un casale del genere costerà certo una fortuna. Non mi stupirei di apprendere che quell'uomo si vesta così tutti i giorni, magari solo per ricevere la governante o il giovane giardiniere, o magari solo per se stesso.

Dal modo in cui si muove, da come si comporta ne esce l'immagine di un uomo raffinato e sicuramente molto ricco. Probabilmente nella vita deve aver goduto di un certo successo, magari ha guadagnato molti soldi. Certo un tenore di vita di questo genere non si tiene con un'entrata normale.

Come se intuisse i miei pensieri si volta, guardandomi divertito.

<<Probabilmente lei si sta domandando com'è che un vecchio come me sia vestito così elegantemente. Beh non nego di aver avuto la premura, stamani, di accudirmi e vestirmi così per ricevere lei. L'agente immobiliare, quel tipo divertente, mi aveva

accennato che si trattava di una gran bella ragazza… non mi prenda per un adulatore, ma sinceramente fa piacere anche a me, mostrarmi al meglio. In fondo ricevo così poche visite… Vede, nonostante io abbia avuto una vita così insoddisfacente, una cosa sono riuscita a farla. A guadagnare tanti soldi. Oltre all'affitto non sostengo grandi spese. Tutte le cose che possiedo le ho comprate nel corso della vita, non avevo che quello da fare, spendere i miei soldi in qualche modo. Inoltre ho messo da parte, in banca, un bel gruzzoletto e ho fatto testamento che alla mia morte, non avendo figli, il tutto vada a favore di un'associazione di volontariato che si occupa di bambini in difficoltà nei paesi poveri. Mi sono informato circa l'affidabilità di tale associazione, constatando di persona il suo operato nel sud del mondo, così ho deciso di lasciare tutto a loro. In fondo come le ho già detto non ho né figli né nipoti, purtroppo.>>
<<Quello che mi dice le fa onore… non è vero che lei è scontroso, come ha detto prima.>>
Nel frattempo il sole è scomparso. E' stato coperto da nuvole nere, si è alzato un certo venticello e nell'aria c'è un odore forte di terra bagnata. Tutto lascia presagire che un temporale sia in arrivo.

Avvertendo un brivido di freddo, mi infilo il maglione che fino a quel momento tenevo poggiato sulle spalle. Un fulmine traccia una linea discontinua di luce tra le nuvole nere ed il tuono che ne segue sembra, con il suo vocione, sfidare la natura in ascolto.

Il vento strapazza le piante e in un attimo il rumore delle fronde, che si schiaffeggiano beffarde, creano un'atmosfera quasi surreale.

Un quadro naif.

Un altro brivido di freddo mi scuote. Il vecchio si toglie la giacca e l'appoggia sulle mie spalle. Cominciano a cadere grandi gocce di pioggia che oltrepassano la tettoia di legno e viti intrecciate, raggiungendo noi due che in quel momento siamo gli unici personaggi viventi di un quadro naif.

Una strana gioia mi monta da dentro, mi sembra di essere un'adolescente in un tardo pomeriggio di fine estate. Quante volte alla fine delle vacanze in Spagna, quando d'estate tornavamo io e mia madre a Donostia, avevo provato quella stessa emozione?

L'odore della terra bagnata, il vento forte e la natura strapazzata mi sono estremamente familiari. La sensazione, tra la nostalgia e l'estasi, che mi prendeva ogni volta che le brevi vacanze in Spagna finivano, sapeva di quelle stesse emozioni, non volevo lasciare più quelle terre alle quali mi sentivo profondamente legata.

E adesso, accanto a me c'è un uomo anziano, sconosciuto, che però sento così vicino da non volerlo più lasciare, perché lui è la mia terra d'origine.

Il vecchio scrittore mi prende sottobraccio accompagnandomi silenziosamente verso la porta del casale. Spingendo con vigore il pesante portone lo apre verso l'interno e, con un mezzo inchino ed il movimento della mano che sembra ricordare un principe d'altri tempi, mi introduce nell'atrio che mi lascia stupita.

All'interno le pareti del salone doppio, che una volta doveva essere stata la stanza da lavoro, sono affrescate con dipinti sobri riportanti scene agresti.

Contadini dagli umili abiti di fine ottocento: c'è chi pesta l'uva nel tino, e chi raccoglie il grano, e chi accudisce splendidi cavalli, chi corre dietro a galline spaventate.

Ognuno di questi personaggi ha un viso e un aspetto sereno e gioioso, come fossero stati immortalati nel giorno della loro massima soddisfazione operativa. I colori sono tenui, delicati, ed ogni tanto qualche crepa dona al tutto un'atmosfera antica.

Nella prima parte del salone ci sono pochi mobili, una madia, una cristalliera ed al centro un tavolo rettangolare lungo almeno quattro metri, con una decina di sedie dall'alta spalliera attorno.

Nella seconda parte del salone, oltre l'arco che lo divide, padroneggia un camino maestoso, rivestito in marmo e legno scuro: è bellissimo. Il fuoco è acceso, nonostante la buona stagione. Anche qui i mobili sono pochi, essenziali e di un legno scuro dall'aspetto caldo.

Una libreria enorme stracolma di tomi, libri e riviste di altri tempi riempie totalmente la parete laterale. In un angolo c'è un vecchio grammofono con accanto una pila di dischi in vinile dalle copertine multicolori. Sulla parete opposta, sopra ad un divano scuro, si intravede la scala che sale ai piani superiori e la porta aperta dalla quale, invece, si accede alla cucina.

La cucina è in muratura, ampia e colorata, con un tavolo grande anch'esso in muratura al centro. Mi sembra di assistere alla scena di corpulente donne di campagna intente a cucinare anatre, polli e maialini accompagnati da prodotti dell'orto dai colori vivaci. Quel tavolo grande ospita tutto quel bendidio per il pranzo domenicale.

Il brioso pranzo festivo attraverso il quale tutti i lavoratori di quella che una volta doveva essere una fattoria, si riunivano per ripagarsi di una settimana di duro lavoro, in compagnia dei propri cari. Sento le voci di quella gente semplice, le battute gagliarde e le risa sonore. Sì, le sento dapprima forte e poi pian piano allontanarsi, infine il silenzio.

Adesso quel casale ospita un uomo solo, che non lavora, che non cucina, che non ride, ma semplicemente vive a fatica probabilmente sentendo, anche lui, quelle voci passate come una sorta di scherno del destino.

Dalla cucina, tramite una larga vetrata, si accede al patio che una volta doveva essere stata l'aia. Questa volta l'immagine è quella di galline che razzolano chiassose e le stesse donne di prima che le rincorrono determinate a farne macello per il brodo serale. Ora c'è un mattonato in cotto, un tavolo da giardino ed un ombrellone chiuso che oscilla a causa del vento forte.

<<Ha uno sguardo curioso, le piace la mia casa? Venga le faccio vedere il resto, saliamo le scale... Qui c'è la mia stanza da letto, ma non gliela mostro, è un po' in disordine… qui c'è la stanza degli ospiti ed un'altra camera, come vede sono molto grandi… e fredde… non riescono mai a scaldarsi a sufficienza, solo quando fuori fa veramente caldo… sa le mura di una volta… questo è il bagno.>>

Mentre sta per aprire la porta per un attimo mi aspetto di trovare anche qui tutte le mattonelle scritte. Rimango quasi delusa, invece,

nel vedere solo un bagno ordinato, dai colori pastello, finemente arredato con mobili e suppellettili antiche. Saliamo la scala che ci porta al secondo piano, lì nel lungo corridoio ci sono altre tre porte ed una scaletta piccola che sembra portare in una vecchia soffitta.
<<Queste sono altre due stanze da letto, ed un altro bagno, ma sono tutte camere chiuse, non le ho mai usate... lassù c'è la soffitta. Ha presente la tipica soffitta abitata dai fantasmi? Beh tale e quale. Tra l'altro, intorno a mezzanotte sento sempre dei passi e un rumore di catene. Sto scherzando naturalmente... non s'impressioni...>> Si affretta a dire, scorgendo l'espressione del mio viso che palesa la fantasia dei fantasmi di quegli stessi contadini di prima, ridere beffardamente, durante gli incubi penosi di questo signore solitario.

Tornati in salone mi avvicino al camino, anche qui immagino le stesse contadine questa volta intente alla preparazione della polenta rimestata nel paiolo appoggiato sul fuoco, ed un infinità di bambini sporchi e contenti che urlano tutti intorno, impazienti di mangiare.

Mi siedo di fronte al fuoco ed il calore, anche un po' eccessivo per la stagione in corso, mi infonde un certo piacere. Poi mi accorgo che il vecchio si è seduto sulla poltrona poco distante e si è addormentato.

Russa sonoramente, con la testa all'indietro e la bocca aperta.

Ah i vecchi, che buffi!

Talvolta sembrano bambini.

Eppure anche loro lo sono stati, bambini teneri e cicciotti, vezzeggiati dai loro cari. Bambini che poi crescono e diventano adulti. Da figli a genitori, e da genitori a nonni, certo non sempre, non tutti... Chissà perché diventando genitori ci si dimentica del passato come se, passando dall'altra parte della barriera, ci si ostinasse a non voler comprendere i figli, magari solo perché non si ha il tempo di soffermarsi a pensare ai propri ricordi d'infanzia. E chissà perché, invece, diventando nonni il tempo che si dilata fa recuperare quei ricordi, i lontanissimi ricordi d'infanzia, e l'amore che ne deriva viene trasmesso a quei nipoti come il prolungamento della propria esistenza che, grazie a loro, è come se realmente non finisse mai.

Ma quest'uomo no! Non ha avuto figli, né tantomeno nipoti...

Ah, i vecchi!

Questo strano personaggio, nella vita è stato da una parte fortunato, la guerra lo ha lasciato vivo, ha avuto successo guadagnando tantissimi soldi, ha anche viaggiato molto, e dall'altra così sfortunato da conoscere a fondo la solitudine. E all'età di settant'anni e passa si è messo a fare testamento delle proprie esperienze e riflessioni lasciandolo in eredità a degli sconosciuti, neanche fossero i propri figli. Ha cercato qualcuno a cui potesse passare la propria esperienza. Non lo sa lui che i figli non le vogliono le esperienze dei padri. E' nella natura umana. Ma io non sono sua figlia e visto che ho ricevuto quel testamento, adesso mi ritrovo qui ai suoi piedi ad ascoltare questo forte russare, come fossi una nipotina fantasiosa tutta intenta a far tesoro di storie antiche raccontate da un nonno brontolone.

Ah, i vecchi!

All'improvviso si addormentano e perdono il contatto con la realtà, proprio come i bambini. Chissà se i vecchi sognano ancora, oppure se il loro troppo visto e troppo saputo li rende inaccessibili ai sogni? Chissà se questo vecchio sogna ancora la sua Francesca? Finalmente sua...

Chissà se nei suoi sogni, nei pensieri, riesce ancora a tirar fuori l'amore che ha dentro, e se almeno questo riesce a donargli un minimo di serenità?

Ma come sarà finita la storia?

Il racconto si è fermato a quando lei all'età di sessantatré anni lo accoglie in casa e lui, vedendola, la trova ancora bellissima nonostante l'età. Dunque lui dovrebbe aver avuto cinquantasei anni. Beh a cinquantasei anni non si è vecchi. Poi un bell'uomo come lui. Così alto, e con i mezzi che aveva non doveva certo essere un uomo sfruttato. Certo che oggi è diverso, le donne e gli uomini a sessant'anni sono ancora piuttosto giovani… o forse sono io che sto pensando questo solo perché alla mia età già mi sento più vicina alla loro, piuttosto che ai vent'anni, quando invece pensavo che a sessant'anni la vita stesse già per finire…

Sono così curiosa di sapere come finisce questa storia… in fondo il fratello era morto, a quel punto non avevano più impedimenti… ha parlato di un diario segreto del fratello trovato da Francesca successivamente alla sua morte… Chissà cosa c'era scritto in quel diario? Certo, il fatto che lui sia solo e per il modo in cui ne parla mi fa pensare che con Francesca non sia mai nata una relazione. O forse lei, essendo più grande, è già morta. Magari qualche anno l'avranno passato insieme.

Che strano, quando ero piccina immaginare l'amore tra persone di una certa età, mi era veramente difficoltoso. Il ricordo che ho dei miei genitori insieme è di due giovani innamorati. Mio padre è morto a trentadue anni. E mia madre non si è mai unita con nessuno successivamente, quindi nella mia esperienza personale non ho un vissuto di amori senili…

I genitori di Paolo, sì, loro sono una coppia solida e credo che si vogliano molto bene… ma chissà perché non riesco a vedere un tale trasporto… Certo, non il trasporto che posso immaginare tra quest'uomo e la sua amata Francesca quando si sono rincontrati, finalmente liberi di stare insieme. Quel trasporto è sicuramente reso straordinario dal fatto che loro due si amavano già da tantissimo tempo ma il destino non aveva mai permesso loro di vivere quella passione.

Paolo e Francesca, si chiamano come noi… che coincidenza.

Paolo e Francesca, due nomi tristemente noti, come i due giovani amanti descritti da Dante nell'Inferno. Anche loro erano cognati, ma loro avevano tradito, è per questo che Dante li pone nel girone infernale...

Il caro vecchio Dante, non è stato certo indulgente nei confronti dell'amore… Chissà dove metterebbe questi altri due cognati dallo stesso nome, che per non tradire i propri cari hanno tradito la vita e loro stessi?

E noi due, Paolo e Francisca, degli omonimi che stanno compiendo gli stessi errori al contrario… chissà quale sarebbe il nostro posto?

Il girone degli stupidi!

Chissà come è andata a finire la loro storia… speriamo che si svegli presto, sono già le sei e un quarto.

Il vecchio scrittore si muove, si è praticamente accomodato perbene nella poltrona, e se la russa tranquillo.

Passano ancora alcuni minuti e io muoio dalla curiosità di sapere cosa è successo dopo quell'incontro, cosa ne è stato della sua vita.

Faccio finta di inciampare sugli alari del camino, facendoli cadere.

Il vecchio si scuote aprendo gli occhi.

Mi guarda in modo particolare... mi arrivano i suoi tormenti, le sue forze e le sue debolezze, tutto il suo vissuto in un unico sguardo bagnato di lacrime.

Sono le lacrime dei vecchi che si addormentano di giorno, perché la notte sono insonni, e i loro occhi stanchi non possono fare a meno di lacrimare fotografie in bianco e nero di un'esistenza lontana.

Mi perdo nel suo sguardo liquido. Classe 1926.
Dentro di lui paura e forza, storie antiche di vita autentica.

Scorgo cose che posso solo immaginare,
storie di migrazioni e distanze, scorgo gli stenti,
il sacrificio di gente che sbarca il lunario, all'inizio del secolo.

Scorgo la sua infanzia scanzonata,
la strada, i giochi da cortile, calzoni corti e gambe livide,
il cerchio, la corda, una palla fatta di stracci.

Scorgo in bianco e nero, una Roma sparita, figliastri di lupa, fratelli di fuoco,
il lavoro infantile, allora normale, una minestra calda, appena, la sera.

Poi la guerra, non come vista nei film, ma come subita sulla propria pelle,
giorno per giorno, gioco crudele, lotta e caso, contro la morte cieca,
che miete padri, figli e mariti.

Scorgo l'incoscienza della gioventù, ma ciò nonostante il coraggio di dire 'mai più',
mentre la si vive sulla pelle, guerra maledetta e assassina.

La forza della sopravvivenza, la ricostruzione, il benessere appena sbocciato,
e quel lavoro alacre che fa risuscitare il paese dalle macerie.

Scorgo la capacità di essere anarchico ed insegnare le regole,
di essere ateo ed insegnare il mistero della vita,
di essere libero ed insegnare valori,
di aver fatto la guerra ed insegnare la pace.

Scorgo la voglia di riscatto, un barlume di speranza,
la necessità di vivere l'amore, finalmente, e poi la stanca vecchiaia,
delusione e disinganno, il mondo non cambia, il proprio destino nemmeno,
l'Uomo forte non si dà pace per le proprie sconfitte.

Ora scorgo la fine dei suoi giorni come la fine di un secolo
e un pianto che lo riporta bambino,
vedo la mia anima riflessa in quegli occhi annacquati
e capisco, soltanto ora, quello che sta per lasciarmi.

La necessità di non arrendermi,
e il ricordo di ciò che è stato è l'opportunità
di insegnarlo a miei figli, perché nonostante tutto il mondo gira,
ed ogni uomo è padre ed ogni bambino è figlio,
affinché vita e morte degli uomini del secolo scorso,
abbiano un senso,
ereditato da un'epoca appena finita,
eppur già così distante,
dimenticata.

<<Oh, mi scusi, ho urtato per sbaglio gli alari e sono caduti, non volevo disturbarla nel suo pisolino.>>
<<Oh no, mi scusi lei. Sa, sono abituato a dormire un poco nel pomeriggio, la notte ormai dormo pochissimo, sono inquieto, mi fanno male le ossa, mi alzo e gironzolo per casa… e quindi di giorno ho bisogno di recuperare un po’…ma che ore sono? Si è fatto tardi mi perdoni. Possiamo cenare se vuole, così lei non farà tardi, con questo temporale è meglio che parta prima possibile.>>
Andiamo in cucina.

Dal forno estrae un vassoio con una lasagna bianca, ed un altro contenente della carne arrosto accompagnata da grandi cappelle di funghi porcini.
<<La signora che viene ad aiutarmi ha cucinato delle cose molto buone, per fortuna sono abbondanti, possiamo dividerle… adesso le scaldo...>>
Man mano che il forno si scalda un odorino piacevole si spande per la cucina risvegliandomi una fame improvvisa. Mi accorgo così di aver saltato il pranzo. Certo, avevo spizzicato ciambelline e biscotti per tutto il tempo.

Non vedo l’ora di assaggiare quelle pietanze che, alla vista ed all’olfatto, sembrano irresistibili. Il vecchio accorgendosi del mio sguardo famelico finge di aver poca fame, e divide le pietanze in porzioni disuguali offrendo a me quelle più abbondanti. Nel frattempo apparecchio un angolo del tavolo, trovando tutto il necessario a portata di mano.

Iniziamo così a mangiare: la cena è veramente squisita.

Sto mangiando con una voracità nuova. Sarà stata l’aria di campagna ma all’improvviso avverto una fame atavica, sensazione che nella mia recente apatia avevo quasi dimenticato.

Fuori intanto piove a dirotto ed il vento continua a scuotere le fronde delle piante che, oltre la larga vetrata, si scorgono saltuariamente illuminate da lampi fulminei. Finito l'ultimo boccone mi rilasso provando finalmente un giusto senso di sazietà.

Adesso mi sento proprio bene e sono pronta a rimettermi all'ascolto.

<<Mi dica, allora, cosa successe quel giorno che lei andò da Francesca in seguito alla chiamata che le annunciava il ritrovamento del diario di suo fratello?>>

<<Ah sì il diario. Allora, le ho raccontato di quanto fosse ancora bella malgrado l'età, nonostante il viso fosse profondamente segnato da un'ombra di tristezza, di rimpianto? Mi salutò con un abbraccio e prendendomi per mano mi fece accomodare in salotto. Poi andò in stanza da letto e ne tornò, dopo qualche istante, con un vecchio diario tra le mani. Mi disse che aveva deciso, dopo tre mesi dalla morte del marito, di sistemare le sue cose e rovistando tra i documenti e gli scritti del suo lavoro notò questo strano diario. Sembrava il diario di un adolescente. Consumato, pieno all'interno di lettere, fogli scritti e ripiegati, addirittura fiori secchi. Francesca sostenne che se avesse trovato un oggetto simile quando il marito fosse stato ancora vivo, probabilmente non lo avrebbe mai aperto. Ma ormai il suo uomo giaceva morto e leggere quelle riflessioni, pensò, non poteva che essere un modo gradevole di ricordarlo ancora in vita. Con grossa fatica e con la voce spezzata dal pianto mi disse di aver scoperto, leggendo quegli scritti e le lettere lì conservate, che suo marito aveva un'amante. Un'altra donna che amava profondamente, non come la moglie per la quale nutriva affetto ma che, purtroppo e troppo tardi, si era accorto di non aver mai amato veramente. Da quel diario aveva saputo che più di una volta era stato in procinto di confessare quell'amore extra coniugale, ma ogni volta nella sua immensa bontà, sottolineò ironicamente, non ne aveva avuto il coraggio. Temeva che potesse farla soffrire e lei, sposa fedele e devota, di certo non se lo sarebbe meritato. Aveva anche letto, tra quelle pagine, che la speranza più recondita di quell'uomo fosse che un giorno, sua moglie, s'innamorasse di un altro uomo e prendesse lei l'iniziativa di una separazione. Disse, la mia

Francesca in preda a rimpianti incommensurabili, che aveva inoltre appreso che il marito si era rassegnato a condurre una doppia vita e che, così facendo, l'idea di non ferire quella donna fedele e straordinaria che le viveva accanto lo ripagava del parziale sacrificio che si era auto imposto. Precisò, la mia povera incredula Francesca, che almeno suo marito aveva avuto il coraggio di viverlo, l'amore della propria vita, anche se clandestinamente. Almeno lui aveva conosciuto cosa significasse amare davvero. Inutile dire che in quelle parole c'era tutta la sua condanna nei miei confronti, per aver soffocato sedici anni prima, la volontà di dire tutto al marito e di deviare le nostre vite verso quella che era l'unica strada percorribile per incontrare un minimo d'appagamento, un barlume di felicità.
Mi sentii un codardo, ed il vero responsabile di quell'oceano di tristezza che aveva travolto me e Francesca rendendola una donna tormentata dai rimpianti. Affermò, inoltre, che la cosa che forse le faceva più male era stato il fatto che lei, talmente presa dalla propria infelicità, non aveva mai sospettato o carpito nulla che le palesasse quell'altrettanta insoddisfazione nell'uomo che le viveva accanto. Non aveva mai neanche immaginato che il più grande desiderio di quest'ultimo, fosse quello che la moglie lo lasciasse... Concluse affermando, stizzita, che nella vita era stata circondata da uomini codardi che non avevano mai avuto il coraggio di guardare in faccia la realtà e prendere una decisione ferma che li portasse, anche solo egoisticamente, a vivere la vita come realmente va vissuta.
Ah, se solo avessimo ereditato, noi due fratelli, un briciolo del coraggio che aveva dimostrato nostra madre nella sua difficile esistenza, quella donna forte ed autentica che con le proprie azioni, malgrado le vicissitudini, aveva dominato la vita e ne aveva ricavato, in termini di realizzazione, il maggior beneficio possibile per sé e per le persone che amava.
Io mi sentii morire.
Presi quel diario e sfogliandolo rabbiosamente lessi qua e là alcune frasi che dimostravano l'amore di mio fratello per un'altra donna, e la sua vile intenzione di non rivelare quella verità alla sposa fedele che aveva accanto e che così stupidamente aveva

posto sopra l'altare della superiorità elettiva, ed inconsapevolmente nell'isolamento mortale che quell'altare le imponeva. Nel suo stupido altruismo, mio fratello, aveva agito come il peggiore degli egoisti, vivendo discrezionalmente una seconda vita appagante e continuando a tenere legata quella donna che, altrimenti, avrebbe potuto conoscere l'amore che meritava. Io, da parte mia, con il mio altrettanto meschino comportamento, avevo eluso l'unica scelta sensata che avrebbe regalato la serenità a tutti noi. Francesca fu l'unica, in quel triangolo di assurde esistenze, ad aver avuto l'intuizione giusta per risolvere i dilemmi delle nostre tristi vicende. Mentre noi uomini, stupidi e vigliacchi, l'abbiamo amorevolmente soffocata, mossi da gloriose motivazioni di alta generosità nei confronti degli altri.>>
Così concludendo il vecchio assume dapprima un'aria severa e poi, con cinico sarcasmo, ride amaramente.

Sono sgomenta.

Questo racconto mi sembra assurdo.

Tutta quell'infinità di riflessioni esagerate, d'interpretazioni errate dei pensieri altrui, di errori madornali, concentrata nelle vite di tre persone così ambiguamente legate tra loro, mi sembra una storia dai contenuti surreali.

Non posso credere che, con tanta cinica ironia, il destino abbia infierito nei confronti di queste persone che, nonostante abbiano commesso degli errori così pregiudizievoli, in sintesi hanno sacrificato la propria esistenza in nome di un rispetto ed una bontà d'animo non comune.

Eh sì, nonostante il vecchio scrittore sia così severo nei confronti di se stesso e di suo fratello, mi rendo conto che tutta questa tristezza e solitudine non sono altro che l'incredibile conseguenza di un rispetto, di una fedeltà e di un amore superiore che ogni protagonista di questo dramma assurdo ha posto come elemento essenziale nella propria esistenza.

Senza dubbio nei confronti di questi uomini, e della mia sfortunatissima omonima, il destino è stato infinitamente ed indegnamente crudele.

<<Cosa accadde, poi? Che fine ha fatto la sua sfortunata Francesca?>>

Il vecchio mi guarda con gratitudine.
<<Rimanemmo in silenzio per molto tempo, la tristezza aveva preso il posto della rabbia. Francesca si sentiva doppiamente tradita. Tradita una volta da suo marito, non solo per l'infedeltà oggettiva, ma soprattutto per la mancanza di lealtà, quella lealtà che l'avrebbe resa giustamente libera. E tradita da me, il suo unico amore, mai vissuto a causa della mia stupida codardia. Lei più di tutti era stata sopraffatta da quegli accadimenti. Era ormai una donna distrutta. Io me ne tornai in albergo e passai la notte in bianco, pensando a tutto quello spreco d'energie sentimentali. La mattina tornai di nuovo da lei per chiederle scusa, per prostrarmi ai suoi piedi. Avevo sbagliato tutto nella vita. Tutto. Avrei voluto rimediare in qualche modo. Lei mi aprì la porta, i suoi occhi erano gonfi. Probabilmente aveva pianto tutta la notte.
Oddio che cosa orribile i rimpianti!
Io la abbracciai forte e finalmente le detti il primo bacio. Eravamo già due persone avanti con l'età. Ne avevamo viste tante di cose, brutte e belle, ma quel bacio restò per sempre il toccante bacio di un amore vergine. Ci tenemmo abbracciati e finalmente facemmo l'amore. Lo facemmo con mesto trasporto.
Ci amammo tantissimo anche se con un sottofondo di amara malinconia. Fu la prima volta e fu anche l'ultima. Io non riuscivo a perdonarmi il fatto di aver perso tutto quel tempo: sì finalmente potevamo amarci senza impedimenti e soprattutto senza ferire nessuno, ma il male che c'eravamo fatti fino a quel momento, il male che io avevo fatto a quella donna era ormai indelebile. Non riuscivo a perdonarmi e quindi le annunciai che non sarei mai riuscito a renderla felice, perché i rimpianti mi soffocavano e più la guardavo (e mi guardavo) e più l'idea di aver buttato al vento le nostre vite, la nostra gioventù, mi lacerava dentro. Così quello stesso giorno, dopo averla amata con un'intensità estrema, la salutai e me ne tornai a Milano.
Non ci sentimmo più. Fino a quando non seppi da alcuni lontani parenti, quattro anni più tardi, che era morta dopo una lunga malattia all'età di sessantasette anni. Probabilmente quando l'ho amata, quell'unica volta, era già consumata dal cancro.>>

Ha gli occhi lucidi questo vecchio testardo, soffre ancora per tutto quello che è accaduto nella sua esistenza, è lacerato dai rimorsi e dai rimpianti.

Io lo osservo turbata.

Avrei voluto sentire, da quest'uomo così triste, qualcosa che potesse darmi un senso di rivalsa. Non riesco ad accettare che un uomo, all'apparenza così intelligente ed oltretutto conscio dei suoi precedenti errori, neanche quando abbia avuto una seconda opportunità sia riuscito a coglierla.

A godere anche se tardi dell'amore di quella donna.

A donare a quella povera sfortunatissima Francesca, una chance d'amore, anche se solo al termine della sua esistenza.

Si asciuga gli occhi con un fazzoletto candido che porta le sue iniziali.

<<Mi dispiace, non volevo rattristarla, ma questa è stata la mia vita. Lo so cosa sta pensando, lo so benissimo. Lei pensa che sono stato doppiamente stupido. Non avrei dovuto lasciarla quell'ultima volta, dopo che c'eravamo amati, finalmente. In fondo non esisteva più alcun impedimento. Avrei potuto vivere con lei quegli ultimi quattro anni della sua vita. Avrei potuto starle vicino nella malattia. Avrei rimediato in parte ai miei errori. Adesso capisce cosa intendevo quando scrissi che se la felicità ci dona una seconda possibilità i rimpianti, maledetti, ci fanno perdere anche quell'ultima occasione…

Questo è successo a me…

Ma lei, Francisca, è così giovane. Lei non può farsi logorare dai rimpianti. Lei deve agire. Deve scovare la voglia di vivere che l'ha momentaneamente abbandonata e riportarla alla luce. Lo deve fare perché la vita è adesso.

Lei mi ha detto che lei ed il suo compagno vi amate ancora. Ed allora perché non tornate ad essere sereni? Se avesse sostenuto di non essere più innamorata, in seguito ad un tradimento o anche senza alcun motivo, allora le avrei senz'altro consigliato di porgere lo sguardo altrove. Ma se vi amate dunque, lei non deve sprecare il suo tempo prezioso. Lei è ancora in tempo.

Il suo uomo ha sbagliato. Può succedere, io le ho dimostrato che sbagliare è facile. Ma adesso tocca a lei: lei non può permettersi di

sbagliare, lei ha il diritto di essere felice ed anche il suo compagno, i suoi bambini poi non ne parliamo nemmeno… Lei ha il dovere di essere felice, non sprechi la sua opportunità. Non vorrà mica fare la mia fine? Ha ascoltato bene, mi guardi negli occhi… Vuole fare la mia fine?>>
Lo guardo negli occhi e lui finalmente sorride, con un sorriso aperto e liberatorio. Poi prendendomi per mano mi porta sul divano di fronte al camino. Mi toglie le scarpe e sollevandomi delicatamente i piedi li appoggia sul cuscino, facendomi stendere. Io mi sdraio e mi accorgo, solo in quest'istante, di essere stanchissima. Si sono fatte le undici e mezza. Da fuori continua ad arrivare il rumore della pioggia che cade impetuosa.

Sono esausta e l'idea di guidare per almeno due ore con quel tempo pessimo mi fa sentire ancora più stanca. Il vecchio scrittore nel frattempo si è alzato e dandomi le spalle, si mette a trafficare con gli alari per smuovere i tizzoni ancora accesi, sistemando dell'altra legna nel camino.
<<Fuori piove ancora, io potrei ospitarla qui per questa notte, se vuole.>>
<<Eh sì, piove ancora tanto ed io sono stanchissima, effettivamente non me la sento molto di mettermi in macchina. Sì, grazie. Potrei dormire qui e partire domani mattina presto… posso chiamare casa?>>
<<Certo che può chiamare, io intanto vado su a controllare che la camera degli ospiti sia in ordine.>>
<<No, no, non si disturbi, io… io… preferirei dormire qui sul divano, se non le dispiace… si sta così bene qui, è così comodo, e con questo bel fuoco… Ah Paolo, ciao scusami per l'ora, stavi dormendo? Io volevo solo dirti che questa notte non rientro a dormire, sono a casa del… del vecchio scrittore… Sì del vecchio scrittore. Sono andata a trovarlo oggi, avevo bisogno di parlare con lui… poi ti dirò… comunque qui piove a dirotto ed io non ho voglia adesso di guidare fino a casa… dormo qui e riparto domani mattina… sì, sì stai tranquillo, tutto bene, sto bene… Martina… tutto a posto… va bene… ci vediamo domani, ciao… ciao… amore mio… buonanotte.>>

Il vecchio riscende lentamente dal piano superiore portando con sé un cuscino ed una coperta di lana che posa sul divano.

Io nel frattempo mi sono stesa e sento che il sonno sta prendendo il sopravvento, ho chiuso gli occhi, ma non sto ancora dormendo.

Sento il vecchio avvicinarsi, mi appoggia la coperta addosso, e mentre si adopera per coprirmi il bambino nella pancia si muove vistosamente.

Lui non resiste alla tentazione e, credendo che io dorma, poggia la mano sullo stesso punto in cui ha notato il movimento. Io fingo di dormire, accentuando il respiro e pregando dentro di me che il bambino dia un altro calcetto.

Eccolo, il mio piccolo ospite. Eccolo di nuovo, e di nuovo ancora. Ha sentito la mia preghiera e condividendola sta dando il meglio di sé.

Il vecchio sposta la mano seguendo curiosamente i colpetti.

QUARTA PARTE

Risvegli

E' l'alba e la luce del mattino illumina le finestre del casolare entrando nel salone. Fuori non piove più, ed i primi raggi del sole filtrano dalle tende scure, donando a questo luogo un'atmosfera incantata.

Sono quasi le sei. Ho dormito di sasso per tutta la notte e, nonostante sia ancora molto presto, mi sento riposata e pronta ad alzarmi.

La luce che proviene da fuori tradisce l'esordio di una giornata splendida, il cielo è limpido ed il giardino che mi circonda è di un verde sfolgorante. Le foglie di quelle piante floride, ancora bagnate, sembrano più rigogliose che mai.

Mi avvicino alla libreria, è meravigliosa, stracolma.

Comincio a leggere i titoli dei libri, accarezzandone le copertine eleganti.

Mi stupisce trovare in un'unica libreria una tale vastità di opere.

In un ripiano, inoltre, ci sono moltissime riviste risalenti agli anni sessanta. Ne prendo una a caso e sfogliandola trovo un articolo firmato da Paolo De Santis. È un articolo di critica letteraria, che trovo un po' banale e scritto con algido distacco. La stessa cosa noto in articoli simili. Allora penso che Paolo De Santis, effettivamente non è stato un giornalista eccellente, proprio come lui stesso mi aveva confessato.

In un altro ripiano, più in alto, invece, c'è una serie di libretti con la copertina colorata ed i titoli scritti con caratteri vistosi ed un po' barocchi. Ne prendo uno a caso dal titolo: "La ballata dei fantasmi" sottotitolo: "Mai ci eravamo divertiti tanto, soprattutto coloro che non c'erano."

Gli do un'occhiata e dal tipo di linguaggio, dalla storia e dalle situazioni, mi accorgo subito che si tratta di un racconto per ragazzi. Probabilmente sono i racconti che ha scritto nei suoi migliori momenti quando dava il meglio di sé...

Inizio a leggere il racconto che andando avanti mi sorprende sempre di più. Ogni tanto mi sfugge una sonora risata, e in una ventina di minuti giungo alla fine. Divertentissimo.

Allora scelgo a caso un altro di quei libretti, ne leggo il titolo: "Re, regine, principesse, guardie e giullari" sottotitolo: "Con una tale densità di popolazione, sono stato costretto ad emigrare."

Lo afferro decisa e lo leggo velocemente.

Anche questo è ironico, lucido, verace.

Sono quasi le sette. Nessun rumore proviene dal piano superiore.

Il sole è più alto nel cielo ed adesso illumina perbene il salone, comincio a sentire anche un po' caldo. Sciogliendomi dall'abbraccio della coperta, mi alzo e ripongo i libretti che ho appena letto, prendendone in mano un terzo. Poi, perdendomi in quella sequela di copertine colorate ne conto una trentina.

Il vecchio scrittore da giovane, non solo è stato un gran bel ragazzo, ma anche simpatico e molto ironico.

Forse è proprio l'auto-ironia di cui è dotato che in fondo lo ha aiutato a sopravvivere.

Un rumore di porte interrompe le mie elucubrazioni: il vecchio si è alzato.

Lo sento scendere.

Oggi è vestito sportivo, ma sempre con una certa classe, non posso far a meno di notare il bel fazzoletto di seta intorno al collo, i suoi colori caldi sembrano ringiovanirlo.

<<Buon giorno! Ha dormito bene?>>

<<Benissimo, grazie. Questo divano è veramente comodo, poi il calore del camino mi ha coccolato per tutto il tempo. Non mi era mai capitato di dormire in un'atmosfera così particolare. Poi ha visto? Fuori finalmente c'è il sole!>>

<<Vedo che sta dando un'occhiata alla mia libreria.>>

<<Oh, sì mi scusi, non ho resistito alla curiosità. Mi sono svegliata da un'oretta e sinceramente avere una tale varietà di scelta, in fatto di letture, mi ha letteralmente ipnotizzato… Ho visto i racconti per i ragazzi… sono, a dir poco, fantastici! Di un'ironia sottilissima e nello stesso tempo così semplici e veraci… non nego di aver riso per diversi tratti… Non li conoscevo, strano che non mi siano mai capitati per le mani in libreria… questo che ho in mano, per esempio, vediamo un po' come si intitola: 'Tutti abbiamo un angelo che ci osserva dall'alto' sottotitolo 'Proprio a me doveva capitare quello miope!' Me lo presta?>>

<<Certo che glielo presto… anzi glielo regalo… sa, questi racconti li ho scritti più o meno nel sessantacinque ed allora ebbero un discreto successo. Lei a quell'epoca era ancora una bimba in fasce. Poi hanno avuto un paio di riedizioni, ma ultimamente non sono più stati messi in ristampa… Oggi ci sono altri autori, altri modelli, forse io sono un po' anacronistico.>>

<<No, non mi sembra affatto anacronistico. Anzi, i temi trattati sebbene siano estremizzati per assumere la caratteristica della comicità, sono attualissimi, oserei dire che lei abbia un po' anticipato i tempi, lei è stato un uomo illuminato… lo è ancora… la capacità di far ridere il prossimo con intelligenza ed autoironia è una qualità molto rara, peccato che il destino sia stato così crudele con lei.>>

<<Cara la mia Francisca, la ringrazio per i bei complimenti. Lei mi riempie d'orgoglio, ma devo insistere dicendole che il destino sì, mi ha decisamente sottoposto a delle prove dure, ma in definitiva è stata la mia volontà a determinare le conseguenze drammatiche della mia vita… Se solo avessi agito diversamente, seguendo l'istinto… se solo avessi avuto il coraggio di affrontare la realtà assumendomene le responsabilità, la mia vita sarebbe stata diversa, non trova?>>

<<Sì, ha ragione. Ma io credo che non sia stata solo una mancanza di coraggio. Lei è stato un uomo estremamente onesto e leale. Talvolta queste doti si pagano a caro prezzo... Forse… forse suo fratello ha peccato di viltà… Non si può far finta di amare solo per non ferire gli altri… Ma erano anche altri tempi. E la povera Francesca lei, tra tutti, ha avuto in un certo senso sentore di tanto

spreco di sentimenti…Avreste solo dovuto, entrambi lei e suo fratello, assecondare le sue intuizioni… E’ vero che le donne, in genere, hanno un maggior senso pratico e maggiore saggezza nelle questioni di cuore.>>
<<E’ vero… anche lei è una donna… dimostri la sua saggezza. Il bambino che porta in grembo non le chiede altro. Me lo ha confidato questa notte… Andiamo a fare colazione: in frigo c’è un’ottima torta di mele, fatta dalla mia fata domestica, le piacerà!>>
<<Sì, grazie… dopo, però, me ne vado. E’ ora di tornare a casa… da Paolo… non vedo l’ora di riabbracciarlo… Sa, mi sento molto diversa stamattina. Lei non solo ha risvegliato in me la voglia di ricominciare ad amare il mio compagno perdonandolo, ma è riuscito a risvegliare la mia coscienza. Ho sempre sofferto di un’insicurezza latente che non mi ha mai permesso di essere completamente me stessa. Una sorta di vigliaccheria, giustificata dalle vicende terribili che ho vissuto durante l’infanzia. Ho costantemente soffocato i miei slanci in una sorta di supercontrollo, nel costante timore di sbagliare, di mostrarmi senza difese e venire sopraffatta dagli eventi. Ho vissuto costantemente nel terrore di perdere tutto ciò che di buono avevo in ogni momento della mia vita. Lei, nella sua sincerità e con il coraggio con cui è riuscito a confessare ad una perfetta sconosciuta i suoi errori, a mettere a nudo le sue debolezze, non ha fatto altro che insegnarmi che nella vita si può sbagliare. Niente di più facile. E che talvolta le nostre azioni sono conseguenza di situazioni più grandi di noi, alle quali ci arrendiamo senza lottare. Sa, fondamentalmente i miei problemi sono legati al rapporto con mia madre. Anche contro di lei il destino ha infierito, sottoponendola a diverse prove da cui purtroppo non ne è uscita vincitrice. Mio padre è stato una delle tante vittime del regime franchista, in Spagna, e mia madre non si è mai perdonata il fatto di essere la figlia di un generale responsabile degli stessi orrori di quella dittatura, nonostante lo avesse rinnegato. Ma anche questo le creò numerosi sensi di colpa. Come aveva potuto arrivare ad odiare così i suoi stessi genitori? E poi il dubbio che la tragica morte di mio padre fosse una vendetta trasversale della sua

famiglia, e che quindi fosse lei la causa, anche se involontaria, della sua morte. Vittima di tutta questa serie di risentimenti, dubbi atroci e rimorsi, e della solitudine che da tutto questo è scaturita, mia madre non è più riuscita a risollevarsi. Ed io, questa cosa non l'ho mai voluta accettare. Non ho mai voluto comprendere le sue debolezze. La volevo forte, perfetta. Pretendevo che fosse quello che non è. Pretendevo che sostituisse mio padre. L'ho sempre condannata con severità, addossandole tutte le cause dei miei problemi. Non ho mai voluto comprendere le sue ragioni. Ero troppo chiusa nella mia sofferenza. E' vero ero solo una bambina, ma poi crescendo lei ha cercato di rimediare alle sue mancanze, solo che io ormai l'avevo isolata, e non le ho più permesso di riavvicinarsi a me. Povera donna, il suo destino è stato quello di essere sola, sempre sola, abbandonata, per un motivo o per un altro, da tutti, anche dalla propria figlia. Ha completamente ragione quando lei parla del perdono come della nostra maggiore virtù. E' solo perdonando che riusciamo a stare in pace con noi stessi. E' per questo che io, fino ad oggi, non sono mai stata realmente serena. Ma adesso basta. E' giunta l'ora di dare un calcio al passato. Dopo tutto, come si dice, non tutto il male viene per nuocere. Gli sbagli ci aiutano a crescere e ad imparare a non commetterne ancora, …in fondo gli errori di mia madre non hanno fatto altro che spingermi a non compiere gli stessi sbagli nella mia vita, nei confronti dei miei figli. E' per questo che non ho lasciato il mio compagno, come mi dettava il primo istinto. E' vero, io non ho mai smesso di amarlo ma questo l'ho capito soltanto dopo. Invece avevo solo bisogno di tempo per perdonarlo. Certo se lo avessi lasciato subito non me ne sarei neanche accorta. Chiusa nell'oggettività delle mie ragioni. Il mio destino sarebbe stato quello di vivere covando il rancore nei suoi confronti, aggiungendo nuovo risentimento a quello ormai vecchio nei confronti di mia madre. Insomma, una vita dominata da risentimenti… che cosa terribile! Invece ho avuto la fortuna di incontrare lei. Le sono immensamente grata per quello che mi ha trasmesso. Lei mi ha appena insegnato che nel mondo non si è mai soli, e che gli eventi non sono mai casuali ma fanno parte di un gioco comune, al di sopra delle nostre volontà, un gioco in cui le

cause e gli effetti fungono da unione tra i destini degli uomini. Un gioco che, comunque, sta a noi riuscire a mantenerlo tale. Come vede, la sua esperienza a qualcosa è servita... se ciò le può essere in qualche modo di consolazione… Grazie, grazie di cuore.>>
Il vecchio sospira, il suo sguardo è cambiato. Adesso è sereno. Le rughe sul viso si sono distese, e la sua pelle sembra più giovane, non è più accigliato.

Il destino gli ha chiesto perdono, e lui lo ha perdonato.

Prepariamo insieme la colazione parlando di cose banali. Abbiamo bisogno di sdrammatizzare un po'. Scherziamo e ridiamo, il nostro cuore adesso è leggero.

Si è fatto tardi, recupero le mie cose insieme al libro che ho ricevuto in dono e mi congedo.
<<Verrò a trovarla, non appena nascerà Tommaso... Sarà un piacere per Paolo e Martina conoscerla! Arrivederci.>>
<<Arrivederci Francisca.>>
Dalla macchina lo saluto con la mano fuori dal finestrino, e mentre mi allontano immortalo l'immagine della sua figura come fosse la foto ammirevole di un nobile di altri tempi, in un vetusto contesto paradossalmente a colori. Accendo la radio per ascoltare un po' di musica, mentre guido baciata dal sole. Cerco nella tasca dello sportello una vecchia cassetta. La inserisco nello stereo e finalmente e nuovamente serena, ascolto le note della mia canzone.
"Besame, besame mucho…"

Era tantissimo tempo che non l'ascoltavo.
<<Aspettami Paolo, devo parlarti d'amore. Ti amo, e non vedo l'ora di baciarti, e di farmi baciare tanto...>> Sussurro queste parole in spagnolo *besame mucho* mentre provo una struggente passione, come se già fossi davanti a lui..

Io, come se fossi il suo angelo dell'amore.

Non dormiva mai, ore contate nel buio,
angelo dell'amore,
prima della nascita del sole.

Pallore lunare sul volto, membra sottili

oniriche sensazioni,
musica di notturni armoniosi.

Si affacciò ed in bilico sull'orlo di un baratro,
sotto la luna padrona,
scorse lui, occhi di fuoco.

Animale notturno, cercatore smanioso di un metallo prezioso
non ancora scoperto, in un'epoca remota,
durante un tempo vergine, eroe solitario, creatura mai nata.

Con cenno veloce le mostrò il suo antro, la testa le girò,
il suono di un'arpa impregnava lo spazio,
il suo andare smarrito dal riferimento primario,
ricordava l'errare di un'anima inquieta.

Porse la mano, e colui che vagava finalmente si vide,
sorrise, si aggrappò a quell'arto di sogno e salì,
la luna lo illuminò e ne riconobbe l'affinità.

Dolce fu il risveglio del giovane,
prigioniero della sua stessa essenza,
sorrise alla luna padrona.

La notte si fuse con il giorno, la luna con il sole,
il mare con il cielo, la finzione con la realtà,
l'anima inquieta con l'angelo dell'amore,
ne seguirono giorni di armonica pace e notti di smisurata passione.

L'angelo prese il giovane sotto il suo mantello di luce
e lo portò nel cielo a volare,
finalmente libero il giovane scorse lontano
quel tesoro anelato, il metallo prezioso appena scoperto,
il grembo in cui non era stato ospitato,
la selvaggia savana dove cacciare,
la vicenda gloriosa nella quale morire.

Allungando la mano toccò tutto questo
e finalmente
quell'inquietudine smise.

Rientro a casa.

E' sabato e Paolo e Martina giocano insieme in cameretta.

Non appena li vedo li abbraccio.

Paolo mi guarda con un'espressione benevola.

Ha capito tutto.

Io Sono Tornata.

Tornata veramente.

Non mi fa domande, accetta questo cambiamento, pensando che la visita al vecchio scrittore deve avermi fatto riflettere sulla nostra ormai insostenibile condizione di vita, anzi di non vita.

Il suo volto si illumina di nuovo e torna ad illuminare il mio.

La sera, dopo aver addormentato Martina con una favola raccontata a due voci, ci ritroviamo soli, di nuovo complici, di nuovo amanti. Ci baciamo finalmente dopo un tempo eterno. Le nostre labbra finalmente si ritrovano.

Il magico potere dei baci.

I suoi baci mi fanno nuova.

E una nuova vita ci si dipana davanti.

Passano i giorni e le settimane e finalmente il piccolo Tommaso nasce.

E' sano e tranquillo. Non sa di aver rischiato dapprima di non nascere proprio, e poi di nascere in una famiglia distrutta.

Ma adesso il pericolo è passato, anzi, adesso i suoi genitori sono ancora più forti e chissà che quello sproporzionato rischio iniziale, come in una sorta di compensazione naturale, non lo esoneri dal correre altri pericoli nel futuro che lo attende.

Chissà?

Io e Paolo abbiamo ripreso ad amarci ancora e, nonostante ogni tanto ci capiti di pensare con disappunto a quello che è successo, tacitamente abbiamo stabilito di non parlarne più.

La vita riprende con i suoi ritmi frenetici: i bambini, la scuola, il lavoro, la casa, le spese, gli amici, i giochi, le favole, le nottate, il sonno, i sogni, le febbri, il lavoro, gli impegni, gli amici, la nonna, la pioggia, la fatica, la gioia, la spesa, le scale, i capricci, la malinconia, i libri, i bambini, le scale, le febbri, le favole, i lupi, le streghe, le fate, la spesa, la vita.

E ancora: i capricci, le gelosie, le crescite, i nonni, i libri, gli aquiloni, le cene, l'amore, i litigi, i baci, la musica, i libri, il sole, il vento, le scale, i libri, il lavoro, le incomprensioni, i bambini, i denti, i dolori, le riappacificazioni, le distrazioni, la luna, la pioggia, gli aquiloni, la spesa, il lavoro, le sere, la luna, il sole, la vita.

E poi ancora: i baci, le coccole, i nonni, le feste, i bucati, le compere, le storie, i pensieri, i litigi, gli urli, le risa, le idee, le difficoltà, le soluzioni, le stanchezze, gli affanni, i problemi, le scelte, i compromessi… l'amore.

In questo vortice di corse quotidiane, Tommaso ha appena compiuto sei mesi quando vengo informata attraverso la lettera di un notaio che un anziano amico di famiglia, il Sig. Paolo De Santis, è venuto a mancare e che una parte del suo testamento mi riguarda.

A questa notizia mi assale una forte tristezza.

E soprattutto il dispiacere, che è già rimpianto, di non aver avuto, nel vortice assurdo delle mie corse quotidiane, il tempo di andarlo a trovare insieme a Paolo e ai bambini. Non avevo pensato che se ne potesse andare così presto, non tanto per l'età, ma proprio per il modo in cui mi si era presentato.

Sembrava ancora un uomo forte ed in piena salute. Invece se ne era andato così in sordina, lasciando solo pochissimi amici: la fata domestica, il giovane mago giardiniere e me, quella specie di figlia putativa.

E poi il testamento, cosa c'entra con me il testamento di quell'uomo?

Mi aveva raccontato di averlo già chiuso, lasciando tutti i suoi averi a quell'organizzazione che si occupa dei bambini nel sud del mondo.

Che c'entro io adesso?

Presentarmi a lui con il pancione forse lo aveva intenerito al punto da modificare il suo lascito? Non mi aveva neanche chiesto che mestiere facessi, avrà pensato forse che potevo aver bisogno di soldi...

Ma noi non abbiamo bisogno di soldi!

Oddio, non voglio certo sottrarre denaro prezioso a chi ne ha veramente bisogno...

Se mai mi avesse lasciato del denaro, lo devolverò io all'associazione... era questa la sua volontà.

Mi sento stordita da questa brutta notizia. L'ho visto una sola volta quell'uomo, ma è come se lo conoscessi da tantissimo tempo.

Ed è grazie a lui che ora mi sento, finalmente, una donna forte.

Di questo gliene sarò eternamente grata.

Vado dal notaio, con la lettera tra le mani, mani che tremano. Parlando con lui mi spuntano le lacrime agli occhi. Questo sconosciuto non può minimamente immaginare che tipo di rapporto ci leghi.

Io ed il vecchio scrittore.

Non può minimamente immaginare quale ragnatela invisibile ci abbia legato in vita, e in che modo ancora continui a tenerci uniti.

Il cuore mi duole.

Mi duole forte. Avrei voluto toccargli ancora le mani, e specchiarmi nei suoi occhi liquidi, ed ascoltare ancora la sua voce calda e impastata di ricordi, e respirare ancora quell'odore di terra bagnata che mi aveva consolato già una volta, a casa sua, quell'unica volta.

Ma devo prestare attenzione a quello che sta per dirmi il notaio per poter reagire nel miglior modo, sto pensando a quei bambini, i bambini del sud che sono i suoi figli veri. In questo istante contano soltanto loro.

Dopo aver letto le frasi di rito, il notaio cita la parte del testamento che mi riguarda e scopro così cosa mi ha lasciato il mio adorato vecchio poeta. Non i suoi soldi che spettano solo ai suoi Bambini, ma il contenuto intero della sua biblioteca, che non avrà destinatario più orgoglioso di riceverli di me.

Centinaia di bellissimi libri, tutta la collana di riviste risalenti all'epoca in cui io ero nata, ed i suoi racconti per ragazzi.

Sento le lacrime traboccarmi dagli occhi.

Sono profondamente commossa.

A quel patrimonio letterario non avevo proprio pensato.

Il vecchio scrittore non poteva farmi un regalo più prezioso.

Amo i libri ed in quella biblioteca avevo scorto centinaia di titoli che mi affascinavano, ed alcune edizioni erano addirittura da collezione.

Ma la cosa che mi piace di più, in assoluto, è l'idea di poter leggere i suoi racconti rivelatori ai miei figli, che mi piace pensare suoi nipoti.

Mi manca già, quell'uomo che ho visto una sola volta, ma i racconti che ha scritto e che mi accompagneranno nella vita futura rappresentano il filo invisibile, indistruttibile, eterno che continuerà a tenerci uniti.

Dopo qualche settimana, sistemate le pratiche burocratiche, organizzo il trasporto della biblioteca dal casale al mio appartamento.

I libri sono dappertutto, li sistemo alla meglio dove ho spazio, l'uno sopra l'altro, man mano spolverandoli con le mani, sfiorandoli con carezze amorevoli, come fossero creature viventi.

In fondo lo sono: creature viventi, creazioni sapienti, in grado di donare emozioni e fantasie.

Creazioni che infondono pensieri e riflessioni fondendo la vita, i sogni e le idee di chi le ha create con quelle di chi le legge.

Ragnatele invisibili che legano uomini e donne, nell'esercizio difficile della vita.

La stanza da letto è satura di libri. Pile di libri anche sulla terrazza.

È mezzogiorno: ecco le campane.

Mi affaccio e la vedo: Filomena col passo deciso, quella macchiolina nera, puntuale come al solito.

Chissà se si chiama veramente così... magari si chiama semplicemente Maria.

Ma a me piace pensare che si chiami Filomena e che quando alza lo sguardo al cielo, prima di entrare in chiesa, mi veda e pensi la stessa cosa di me.

Eccola sta sorridendo al cielo.

Sorride a me.

Ciao Filomena...

Rientro, la libreria a parete trabocca di tomi dalle più svariate dimensioni e colori, e con questo arricchimento inaspettato questa biblioteca parlante sembra aver raggiunto la sua condizione suprema.

Il sole e il suono delle campane entrano dalla finestra spalancata.

E' piena estate.

Fa caldo.

Le risa dei bambini che giocano nella stanza accanto fanno da sottofondo a questa giornata propizia.

Seduta a terra sento la polvere addosso, sulle mani, nel naso, ovunque.

I capelli sono raccolti in due trecce, ed il mio viso è sudato e sporco.

Eppure lo sento nuovamente in grado di esprimere luce.

La luce magica di chi è consapevole di sé ma, nello stesso tempo, sa che ha ancora molto da imparare da questa vita meravigliosa, in un grottesco mondo di cristallo, che nonostante tutto continua a girare.

Dopotutto il cristallo è sì un elemento delicato ma non così fragile come sembra, basta saperlo maneggiare ed io, questa cosa, l'ho appena imparata.

Ad un certo punto mi capita tra le mani una versione piuttosto vecchia de 'L'insostenibile leggerezza dell'essere.'

La tocco con le mani leggere.

L'annuso.

Questo è un libro che ho amato molto, l'ho letto tante volte.

Istintivamente lo apro e sfogliandolo mi accorgo della presenza, all'interno, di una lettera. Riconosco immediatamente la calligrafia.

È la stessa che padroneggia sul rivestimento del bagno.

Alzando gli occhi incontro lo sguardo di mia madre, finalmente sereno, amorevole, perché sa di essere stata accettata da me per quello che è realmente: una donna nell'esercizio della vita.

Ed è lì adesso a condividere con me, finalmente dopo un tempo infinito, un'emozione che ci unisce al di là di qualsiasi incomprensione.

Siamo qui, l'una accanto all'altra.

Tutto il resto non conta.

Francisca e Penelope sono sedute vicine e sistemano libri, non parlano molto ma tra loro scorre il fiume della comprensione, quello che non ha bisogno delle parole.

Il sole alle spalle filtra le loro presenze.

Viste da dietro sono due sagome di donna, una più giovane, l'altra più anziana, ma in ogni caso simili.

Due donne finalmente quiete, libere dagli spettri del passato.

Viste da dietro sono belle ed emanano pace.

La donna più giovane sorride e con la mano tremante stringe la mano esile e provata della donna che le si trova accanto, poi quasi sussurrando inizia a leggere:

15 Ottobre 2004

Ho notato questo stesso titolo nella sua borsa quando è stata mia ospite, ed ho deciso così di lasciarle scritto qualcosa in questo libro perché sono sicuro che prima o poi lo sfoglierà.

Voglio che lei sappia, amica cara, che alla fine della mia esistenza lei è riuscita a concedermi una sferzante rivincita nei confronti della vita.

Ormai sono vecchio e le mie considerazioni raramente sono sbagliate.

Io credo che non sia un caso che voi vi chiamiate Paolo e Francesca come noi, e che le nostre esistenze si siano incrociate, grazie al potere grande della parola scritta che entrambi amiamo profondamente.

Io credo fermamente che la vostra felicità salvata sia la giusta ricompensa per il nostro vano sacrificio: voi due rappresentate la nostra seconda chance di vita.

La mia e quella della mia dolce sfortunata Francesca .

Buona fortuna.

Un bacio al piccolo Tommaso che mi ha regalato un'emozione grandissima, ed un bacio anche alla piccola Martina, che immagino bella come sua madre.

Suo onoratissimo amico
per sempre,
Paolo De Santis.

EPILOGO

Un anno dopo.

da: marco.delfor@lbr.it
a: franciscaoaxaca@lbr.it
re: sono tornato

buongiorno francisca, il mio soggiorno a new york è stato piacevole e fertile.
ho finito un nuovo romanzo.
ma non ti scrivo per questo
ti ho pensato a lungo, mi sei mancata, in realtà il pensiero di te e di quel bacio
lasciato in sospeso mi ha tormentato abbastanza.
vediamoci ora, ti aspetto a casa mia, dove non ti ho mai invitato.
se mi leggi adesso rispondi subito.
marco

da: franciscaoaxaca@lbr.it
a: marco.delfor@lbr.it
re: re: sono tornato

ti leggo adesso e il mio cuore batte forte
e il mio corpo è in subbuglio
non voglio scrivere altro
non più parole,
niente parole...

cos'altro, allora?

Finito di stampare
nel mese di aprile 2012
4Graph srl
Castrocielo (FR)